U0825436

你饿不饿 我做饭给你吃

Love Can Do Anything

胡舒欣 著
Hu Shuxin Works

写给在爱中坚定前行的你

CNS
湖南文艺出版社
HUNAN LITERATURE AND ART PUBLISHING HOUSE
博集天卷
CS-BOOKY

也许我给你的不是你想要的，
但是我给你的都是我认为最好的。

你饿不饿，

我做饭

给你吃

Love
Can Do
Anything

目录

最美的时光

The Good Old Days

Chapter 1

Chapter 2

温情的　真相

The Truth of Life

爱
都是对的

Love Is Always Right

Chapter 3

外篇

不都是故事

Not All Is Fabricated

后记

Postscript

Chapter 1

一生至少该有一次，为了某个人而忘了自己，不求有结果，不求同行，不求曾经拥有，甚至不求你爱我，只求在我最美的年华里，遇到你。

最 美 的 时 光

The Good Old Days

Love
Can Do Anything

你饿不饿，
我做饭给你吃

Love
Can Do Anything

大四那年寒假，我和学弟一起去一家甜品店，那是我们第一次一起吃东西。芒果布丁上来的时候，他拿起小勺，然后喂了我一口。是第一口。

后来我们去饭局，那么多陌生人在场，所有的菜上来他都会先夹给我。

再后来我们跟他的战友们一起吃饭，他还是会记得给我弄菜，问我喜不喜欢、口味怎么样。

遇见最好的你

You Were the World to Me

1

我跟学弟第一次见面的时候，整个人处于一种非常糟糕的状态。当时的我因为考研压力巨大而爆了满脸的痘，又因为每天熬夜而脸色暗沉，并且刚刚结束一段莫名而又短暂的异地恋，就差把“衰”字写在脑门儿上。

所以在跟学弟见面之前，我特地化了个妆，希望能够让自己看起来精神一点儿。我化完妆，站在镜子前面，退后一步，纵然戴着隐形眼镜，我也看不到自己脸上的瑕疵了。

我长舒一口气，放下心来，感谢科技的进步赐给了女人化妆品这种救命的神器，但我忘记了一个重要的事实：学弟是一名军校飞行学员。

事后我才知道，凭他那种站在十米开外都能够看到别人脸上每一个毛孔的视力，我这种欲盖弥彰的行为无异于螳臂当车。

那天我们到底聊了什么我已经记不太清楚了，唯一印象深刻的就是他极力表现出一个成熟男人的样子，而我则拼命掩盖自己是个衰人的现实。

实际上，学弟确实成功地迷惑了我，让我觉得他已经从两年前在网上以“学姐”开头跟我打招呼的愣头青，变成了一个含蓄、内敛、稳重的大男人。含蓄、内敛、稳重……这些在日后逐一被证明跟他丝毫沾不上边。

大概我也成功地骗过了他，不然后来我也不会成为他的女朋友。

2

在那段时间里，连我自己都觉得自己是一个很渺小的人。

大概每个人都会有这种无力的时刻，当时的我，考研成绩未知，工作没有着落，没有长腿，也没有大胸，既无一技傍身，也无美貌可恃，这样的人在残忍的生活张开血盆大口的时候，除了胆怯和后退，难道还能够正气凛然地迎头而上吗?

别开玩笑了，这又不是励志偶像剧。

学弟和我在上海吃饭的时候对我说：“我梦见你没考上研究生。”“没关系。”我轻描淡写地回答，“P大的研究生很难考的，1/30的录取率，考不上是正常的，也不可惜。”学弟说：“可是我觉得你有这个能力。”我不置可否，笑了一下，然后问他：“如果我真的考不上怎么办？”学弟说：“嗯，可以再考一年，或者先工作，反正肯定有办法的。”

2月底的时候，2012年研究生考试成绩公布了，学弟一语成谶，我果然没有考上。

虽然早就有了心理准备，但真正看到成绩表的时候，我并不像自己事先以为的那样能够坦然面对。

我刚查完成绩，学弟的电话就来了：“你成绩查到了啊？”我“嗯”了一声之后没有说话。

学弟立刻明白了，他沉默了一两秒，然后用轻松的语气对我说：“那你别想了，跟同学出去玩一会儿吧。”我没有回答。

他又说：“那……要不你叫个外卖，今天晚上多吃点儿好吃的吧。”“我不想吃东西。”我说。

“那……等你来C城，我带你吃好吃的。”学弟还是很轻松地对我说。我还是没有回答。

这个时候，学弟的语气着急起来：“你不会连C城都不想来了吧？”

3

本科四年我在北京一所无名的“211”度过，学校地处学院路，靠近五道口。人们总是说，城铁13号线将这里分成两个世界，一边是P大和T大，另一边，就是所谓的学院路13校。

还记得当初宣传学院路共同体的选修课的时候，老师豪情万丈地对我们说："虽然我们没有那边那两个大学实力强，但是我们13所高校联合起来，也是很有力量的。"

但他说话的语气没有让我们感受到任何底气，而且这么明显的自欺欺人，让我所置身的人群发出了一些轻微的窃笑。

P大和T大的光环太大，我无法忘记那个已经分手的前男友曾经对我说的"我选择你是因为觉得你能考上P大的研究生""如果考不上P大，你这辈子就完了"。

其实公布成绩那天他也给我打了个电话，我告诉他我没有考上，然后他立刻问："那你学弟有没有跟你分手？"

就在我因为这个问题而愣住的时候，他在电话那头扬扬得意地说了一大通话，大意是"既然你没考上P大，那估计学弟不会要你了，你要是想回头，我可以不计前嫌原谅你，再给你一次机会"。

我强忍住怒气没有戳瞎自己的双眼，对他说："承蒙关心，我们挺好的。"挂掉电话，把他拉进了黑名单。

同时感到庆幸，觉得跟这个人分手真是无比正确的决定。

但我又不得不承认，纵然我表现得底气十足斩钉截铁酷炫狂霸[①]，其实我自己也很担心学弟会因此跟我分手，我的翻盘希望

① 网络用语，指十分厉害，十分炫目，霸气十足。

就押在考上P大这一件事情上，结果我失败了。

我确实不太想去C城，因为担心这次行程将变成我的分手之旅，如果是这样，那就未免太可悲了。

4

最终我还是决定去一趟C城，在零下二十摄氏度的天气里顺利抵达C城火车站。

早晨六点半，我一走出出站口就看到了学弟，他穿着军大衣，对我露出一个好看的微笑。我一直没有告诉他，在我人生中独自一人坐过的那么多趟火车中，这是第一次有人接站。

有人接站的感觉真的太好了。

这一次的C城之行，学弟表现得和寒假那次上海之行一样温和体贴，并没有表露出任何想要结束这段关系的意思，甚至还带我去参加了同乡聚会，从头到尾，他都像照顾一个小女孩一样照顾我，完全忘记了其实我是一个长他一届的学姐。

每一个学姐心中都有一个沉睡的小女孩——致所有想要追求学姐的男生。

临走那天，学弟带我去吃牛排。因为人多，需要等一会儿。我起身去洗手间，回来的时候发现不仅菜已经上齐了，而且我盘子里的牛排还被细心地切成了均匀的小块，那一瞬间，我心里那个不知道沉睡了多久的小女孩就这样被学弟叫醒了，并且从此困意全无。

学弟问我：“你这次回北京之后怎么办啊？”

终于要摊牌了啊，我一边这样想一边挤出一个艰难的笑容。“我准备再考一年研究生。”我说，“先找个工作，然后边工作边复习吧。”

“我没有问你这个。”学弟说，“我看到你手机里的断食减肥记录了，你不准不吃饭。”我还没有反应过来，他又说：“你也不准熬夜，每天都要锻炼，不准再喝咖啡。”

“为什么？”我本能地反驳，“你以前也不管我啊。”

“以前是以前，”学弟说，“现在你是我女朋友，我当然要管你，以后日子那么长，没有一个好身体怎么办？”

我其实还有很多话想反驳他，比如“每个人都有选择自己生活方式的自由”，或者“以后怎么样还不确定”，等等。但是开不了口，可能在潜意识里，我真的非常希望，他所暗示的那个长久的未来，是可以实现的。

在那之前，我一直觉得自己有一颗钢铁一般的心，毕竟法学本科四年所进行的就是从感性过渡到理性的训练，但当他说出那句话的时候，我觉得自己所有的理智都在一瞬间垮掉了。

这样的未来对于我来说实在太美好，以至于不敢反驳，生怕自己一语成谶。

5

我最终决定先找个工作，然后边工作边复习，准备“二战”。与之前不同的是，我终于决定离开北京，转而考上海的研究生。

从初中开始，我对北京就有很强烈的情结，并终于不顾一切来到这里。四年过去，拥挤的地铁、干燥的空气并没有削弱我对这座城市的感情，反而因为时间的经过而积累了更多的不舍。

但学弟不可能来北京，如果我留在北京，那我跟他就没有别的选择了。

在充分评估我跟他之间现在以及将来的情况之后，我做出了妥协，尽管那个时候我只去过一次上海，对这个繁华得像梦境一样的城市一无所知。但为了我所期待的那个未来，我还是愿意竭尽全力试一试。

为了找到一份工作暂时糊口，我在北京参加了数个机构的面试，最后在一个教育机构当老师，直到我们那儿来了一个新同事——那真是我所见过的最神奇而又变态的人了。

具体地说，那是一个爱看琼瑶的小说，对星座研究很深，觉得自己最大的特征就是多愁善感的男人。最要命的是，他来上班的第一天，进行完如上的自我介绍之后，问我：“你有男朋友吗？”我说：“有。”他又问：“帅吗？”我说：“帅。”然后他又问："比我如何？"

我花了一秒钟的时间说服自己他确确实实说了"比我如何"这四个字，然后看了一眼他那车祸现场的长相，说："当然是我男朋友帅。"那人又说："我不信，我要见他。"

我已经隐隐嗅到一丝不祥的气息，但我还是解释："他人不在北京，没机会见啊。"然后对方大笑一声："哈哈，那我近水楼台先得月。"

我真不想承认那一刻我真的被吓到了。

从上述情景发生的当天开始，这个人就不管上班还是下班都跟着我，跟我坐同一班车，不停地对我讲他的爱情观——这简直太可怕了。

学弟得知之后，对我说："你来C城吧，反正你在C城也能工作，而且我还能照顾你，遇到变态了也不怕。"

我完全没有把他这句话当真，我所不知道的是，在接下来的两个星期中，他每天都在搜集房屋出租的信息，还搜集各种招聘广告，直到他对我说："房子我给你租好了，也给几家单位打了电话，你收拾收拾辞职过来吧。"

6

2012年4月，我带着自己的全部积蓄三千块钱和一只巨大的行李箱来到C城，动车到站的时候已经是晚上九点多了。

当随着人潮走出出站口的时候，我觉得自己就像一口浓痰，被吐在这个城市夜晚清冷的街道上。

4月的C城夜晚依然很冷，我穿着小短裙瑟瑟发抖，学弟等在出站口，把我整个人裹进他的军大衣里，他对我说："你终于来了。"

"要是这一次我还是考不上的话怎么办？"我闷着声音问他。"不会的。"学弟说，"肯定可以的，我知道。""那万一呢？"我并没有放过他。"那就工作呗。"学弟说，"反正还有我呢。""你为什么对我这么好？"我问他，"我是一个这么失败的人。""不是啊，"学弟说，"我觉得你很好，你其实是一个很有能力的人。"

被发了好人卡，而且发卡目的不是拒绝或者分手，这真是一件不科学的事情，我继续作死："但我没有考上P大，不仅是这一次，而且四年前也没有考上。这是我第二次失败了你知道吗？第二次了呀。"

"我知道。"学弟说。然后他问我："你知道我为什么知道吗？你高二的时候参加了一个比赛，我就在现场。那个时候你还不认识我，但是我已经认识你了。所以后来的事情我都知道，但我不觉得那会影响我对你这个人的看法。我们在一起这么长时间，我对你的了解，比你上不上P大，更重要。"

这真是我人生中所听到过的最温暖的情话。

“所以你看，一切都是早就安排好的，”学弟像一个神棍一样总结，“这一次没考上，说不定只是因为命运安排你重新考一次，让你去上海。所以下一次你一定会成功的啊。”

我大概一辈子都不会忘记，他说完这些话之后，轻轻地抱了我一下，然后在我的额头亲了一口，他说：“而且，我相信你。”

他怎么对待你从食物就可以看出来

The Way He Treat Food Indicates the Way He Treat You

1

我跟学弟在一起大概一个月的时候，他有一次忽然在QQ上对我说，他觉得我是一个很温柔的人，之前看惯了我在网上嬉笑怒骂、跟猥琐男斗得不亦乐乎的样子，还以为我是一个很凶的人。

我其实很想告诉他，是因为一直以来被他温柔地对待着，所以才想要对他更好。他不知道的是，在他所未曾接触到我的时间里，我所遇到过的人，和我所经历过的人生。

2

大二的时候有一天我去某校看辩论赛，下午下课直接坐438到西苑，错过了那个学校的晚饭时间。当时的男朋友白君带着我去小卖部买了零食，说是给我的晚饭。

然而买好吃的，到了报告厅之后，他自己打开包装吃得不亦乐乎，还赞不绝口地对我说："真好吃啊。"完全忘记了没有吃晚饭的那个人是我。

这事儿并不是第一次发生，却是我第一次为此发火。

此前在嘉和一品、米斯特比萨甚至比格自助餐厅等诸多地方的"惨痛"经历全部涌上心头。

我冷冷地看着白君，说："那你吃吧，我不要了。"

白君反应过来，知道我生气了。在我看来，那是你买给我的东西，你怎么能够跟我抢？但白君完全无法理解我生气的原因，他觉得我是个神经病。

大吵一架。

许多细节我记得尤为清楚，比如路边被踹了一脚的一个垃圾箱、被踢走的一个石子儿，还有最后白君大声说的："老子受够了，你滚吧，哥不陪你玩儿了！"

路过的一对夫妇和他们的狗一起看着我。

但是我和白君并没有因为这件事分手。

后来我就再也不在乎一道菜上来到底是谁先吃、吃多少这些事情了。

白君曾经劝我和他一起玩魔兽世界，因为觉得男女朋友一起玩游戏是一件很美好的事情。那个时候巫妖王还没有开，我注册了一个人类法师号，他也注册了一个小号。但是白君自己的大号是一个满级女圣骑，每晚都去工会活动，我们从来没有“两个人一起玩”过。

那是我第一次接触网络游戏，是一个彻底的小白，法师级别最低的时候命又很脆弱，我总是被野怪虐得死去活来。最惨的一次是我走到一个完全陌生的地方，被轮，跑尸，再被轮，一个下午跑了几十趟。

密白君、给白君打电话都没有用，不知道他在做什么。最后我看到自己的灵魂浮在空中，迷路之后连自己的尸体都找不到了。

就在那个时候我哭了。

现在看起来，为了一个游戏而哭，其实也是很神经质的行为吧，但是当时在某一个瞬间，真的觉得很孤独，非常孤独。

后来法师号36级了，不那么脆弱了。有一天白君对我说“我都没玩过法师号，你给我试试呀”，后来白君再也没有把这个号还给我。

我曾经改过一次密码，因为白君跟我约好了却临时变卦要去参加工会活动，白君发现我改了密码他不能登录之后，给我打电话，我挂断，他再打，我把手机关机。等到再一次打开手机的时候，看到的都是他发来的骂我的信息，诺基亚振动了很久。

那天老郭陪我去北医三院看过敏，我把手机掏出来给老郭看，老郭对我笑了笑，我也对老郭笑了笑。我知道那样一脸疹子笑起来一定格外难看。

后来，白君用我的邮箱去战网申请了密码找回。

我和白君也没有因为这件事分手。

我去白君的学校，说好一起上自习的。我上午九点到的，在白君楼下，他说："我马上下来。"

九点半，我自己去找了一间教室开始看书。十点的时候，我给白君打电话，他说："我马上下来。"十一点的时候，白君给我打电话，说："我马上到。"十二点的时候，我自己去吃了午饭。下午一点的时候，我给白君打电话，说："×××，我×你妈！"

五分钟之后白君出现在我面前。他跟我说他在宿舍玩一个人人网上的叫作"Q将三国"的游戏。我跟白君也没有因为这件事分手，后来白君再玩什么游戏我都没有动过气。就在我跟白君都觉得不会再有什么更严重的事情让我们分手的时候，我跟白君分手了。

在真的分手之前，我跟白君分分合合好多次，可能他自己已经习惯了，我也已经习惯了，说了分手之后大概一个星期就会和好。所以最后一次分手的时候他也没有当真。直到我告诉他，我已经是另一个人的女朋友了。

白君问我为什么，在经历了那么多的摩擦，相互用最恶毒的语言谩骂过，甚至动过手，这一切都没有能够让我们分手之后，我竟然成了别人的女朋友。

实际上，白君的专业跟我一样，我们平时看的书、看的电视剧都几乎一样，我们是两个三观完全吻合的人，但是到最后，我几乎不能够回忆起来任何美好的片段。

我们分手半年之后，白君忽然在QQ上对我提起他的新女友，他告诉我情人节他带着妹子去吃了大餐，送了她玫瑰花，还做了PPT记录两个人在一起的时光，他告诉我他准备带妹子出去旅游，还准备去拍情侣写真。

最后他对我说："你看，你曾经想要的，现在我都会做了。"

这一切都是我在过去两年的时光中所没有得到过的，哪怕白君曾经为我做过其中的一件，我所有关于他的回忆大概都不会那么不堪。

但如果我不跟他分手的话，我也是不可能得到这一切的，因为在漫长的忍耐和下限不断调整的过程中，我们都已经习惯了，习惯了他永远按照他自己的方式生活，而他只要一转身，我就在那里。这种相处模式已经无法改变了，除非有一天他像往常一样回过头来，发现我已经不在了。

其实在最开始他跟我抢东西吃的时候我就应该明白，我跟这个人是走不到最后的。

3

大四上学期，我从北京坐了八个小时的硬座去看W君，W君是个军校生。平心而论，W君对我挺不错。而且我应该感激W君，如果没有成为W君的女朋友，我大概永远走不出跟白君反复分手再复合的怪圈。

但是当他得知我因为高峰没有买到票，会提前两天到的时候，他结结实实地骂了我一顿，说："你怎么这么点儿小事都做不好？你提前到了自己找地方住，这是你的错，别指望我给你负责！"有一瞬间我真的很想把车票撕掉。

但是那个时候我已经不在乎这些了，甚至他教训我"你以后别因为自己办事不靠谱拖我后腿"我也不在乎。

我真心地说："啊，对不起，我不是故意的。"

我跟W君会和之后，我和他，还有他的两个战友一起去吃烧烤，自助。

W君很兴奋的样子，几乎没怎么说话，一直埋头，各种吃，我局促地坐在一边，面对着他的两个初次和我见面的战友。后来我对面的少年开始给我弄吃的，我大概会一辈子感激他。

晚上W君给我打电话，说他战友对他说不应该光顾着自己，把我晾在一边。我说："没关系，我不介意的。"

但是W君不知道我为什么不介意。

W君对我说：“你不要告诉我战友你以前有男朋友。”

W君对我说：“下午会见到我战友，你去化个妆弄好看点儿，穿高跟鞋。”

跟白君比起来，W君对我还是很不错的，相比于和白君在一起的时候被对方当成空气的小透明状态，W君每天都会给我打电话、发短信，还会聊QQ。这大概是我有生之年，第一次觉得自己是在谈恋爱。

但是我跟W君的关系从我搬出学校、为考研究生努力复习那段时间开始恶化，我给W君打电话，说恰好听到自己被某人在背后中伤了，W君站在对方那边，把我说了一顿。

那天我写了一篇日志，叫作《找不到出口的人生》。

W君给我打电话，说：“我战友都问我是不是欺负你了。”我说：“哦。”

W君说：“你一委屈就发状态、写日志，这是对我形象的破坏你知道吗？”

W君说：“我就是一个虚荣的人，我就是不管我做得好不好，你都要让大家知道我很好你知道吗？”

W君说：“你要多让大家建立对我的好印象。”

W君说：“我就知道你们射手座女生从来没有真心。”

W君说："以后你如果来我们家一定要主动做家务，哄我妈妈开心，不准跟她吵架，我们家我妈妈的地位最高。"

W君说："我想了一整天要不要跟你分手，决定还是再给你个机会。"

W君说："我之所以跟你在一起是觉得你聪明，网上说决定下一代智力的是妈妈。"

很多时候我想骂他是傻×，但都忍了回去。刚刚在一起三个月就分手这种事情，说出去总会让人觉得随便吧。我不想被别人看成一个笑话。

2011年11月底到12月底是我人生最艰难的一个月。W君基本上每天给我打一个小时电话，用来吵架。

我已经难以回忆起来都是为什么，那段日子实在太苦，我也想不通为什么他要冒着被纠察发现的危险，偷偷地溜出来给我打一个小时电话吵架。但是W君说："我不管做什么都是因为爱你。"

我当时觉得爱情就是个笑话。

我承认他对我挺好，总是试图做一些让我开心的事情，不管他的出发点是什么，也不管他是不是真的让我开心了。但是三观的巨大差异所带来的争执最后让我筋疲力尽。我记住了他对我说过的无数的话，我觉得我会记得一辈子。

在经历白君之后，我已经很少介意什么事情了。但最后我恨他恨得牙根都在痒。

如果说我跟白君分手是因为他对我不够好，并且此后我一直希望能有一个对自己好的人，那么跟W君分手就完全是因为三观不合。但是三观这种抽象的东西要怎么说？一直到最后分手的时候，我都在说，W君很好，所有的错都是我的错。

但是其实从最开始吃烧烤那次，看到他一言不发大快朵颐的样子，我就应该知道，自己跟这个人，也是走不到最后的。

4

我是一个在吃上很专一的人。吃到一个喜欢的菜，就能够地老天荒地吃下去。

曾经连续一个星期去吃一食堂的鸡腿饭，连续一个星期吃沁园的酸辣粉。

每次去呱呱都吃自助小火锅或者玉米鸡丁盖饭，每次去莘园都吃大盘鸡面，每次去二食堂都吃半份黄瓜炒鸡蛋和半份炒白菜。

食物对于我来说有很重要的意义。

在过去的二十多年里，每一次找不到出口的时候，从来没有哪个人给过我任何的陪伴或者安慰。唯有食物，带给了我最多的安全感。

感到孤独吗？去吃咖喱鸡排饭好了，吃到胃凸起来的时候，心就不会觉得空了。感到失望吗？去吃巧克力冰激凌好了，所有让人觉得刺激的食物，都能够把负面情绪一扫而空。

食物比世间所有的人都来得可靠。

至少，当我需要的时候，只要走进商店，付钱就可以交换到。

当学弟给我打电话的时候，如果我的声音听起来明快，他就知道我一定在吃东西，或者即将去吃东西。

大学四年，我花好多钱和时间去吃东西，四年过去，我对食物的选择却越来越简单。所有新上市的产品，都比不过店里最经典的那一款，所有添加了不同口味的咖啡和牛奶，都比不过什么都不加的原味，与之对应的，我做人的原则和目标也越来越简单，能够打动我的事情也看起来越来越微不足道。

5

毕业前夕我在北京，学弟跟我聊QQ。

我说：“我真的很喜欢你的。”
他说：“我知道啊。”
我说：“你知道个球！”

大四那年寒假，我和学弟一起去一家甜品店，那是我们第一次一起吃东西。芒果布丁上来的时候，他拿起小勺，然后喂了我一口。是第一口。

后来我们去饭局，那么多陌生人在场，所有的菜上来他都会先夹给我。

再后来我们跟他的战友们一起吃饭，他还是会记得给我弄菜，问我喜不喜欢、口味怎么样。

学弟期末考试之前，有一次我跟他去一莲一品，那里的馄饨很好吃。

剩下最后一个的时候，我的勺子已经碰到馄饨，他从我勺子下面抢过去，我笑着看着他，他把勺子送到我嘴边，对我说："你快一大口整个吃掉，那样鲜味才不会跑掉。"

当我们手拉手走在C城的街上的时候，我会突然莫名其妙地哼"想要问问你敢不敢，像你说过那样地爱我"，有时候我自己都没有意识到，直到学弟用力握了一下我的手，才反应过来。

啊，原来是这样。

这些场景都深深地刻在我的脑海里，像最令人印象深刻的电影一样，随时能够牵动我的泪腺和情绪。

如果说可以把最开始那一次理解为刻意献殷勤的话，时至今日，时间过去那么久，再说刻意未免过于牵强。

在我和他为数不多的一起吃东西的场合，他从来没有忘记把第一口食物喂给我，更重要的是，碰到好吃的，还会把最后的留给我。

这对于我来说意义太过重大。

重大到在遇到所有问题、找不到出口的时候，想起他曾经微笑着把勺子送到我嘴边的样子，我都能够瞬间释怀，觉得自己无比幸福。

这些短暂的温暖和感动，在我们吵架的时候，在此后所有纠结和痛苦的时候，甚至在差点儿分手的时候，都给过我无比巨大的力量。

在我看来，愿意与你分享食物，意味着愿意让你加入他的生命。而现实如此残忍，每个人都活得如此孤绝独立，能够遇到一个愿意与自己分享人生的人，实在是太过艰难了。

我会跟他说很多事，但很少涉及情。

往往不管出现什么情绪，我都会自己消化掉，或者刷人人秀下限。在过去的那么多年里，好像从未有人关注过我的感受，反而是网上的陌生人，比较容易沟通。

但有一天学弟对我说："你有事情要对我说啊，你为什么宁愿去网上发状态都不告诉我？"

他说："你有什么事情要告诉我啊，我会去解决的啊。"

我哭着说："可是从来都没有人管过我啊。"

他说："现在跟以前不一样了啊。"

6月10号，我对大师兄说："我很喜欢学弟。他让我能够诚实地面对自己。"

我上街的时候会给他买吃的，回来的时候哪怕自己再饿，都不会把买给他的东西拆开吃掉。我买过一只鸡腿做糖醋鸡块，做好之后我自己一块都没有吃，全部装盒给他送过去。

这就是我表达"我爱你"的最高方式了。

我对学弟说："我是一个食欲非常强的人，但是我对你的感情能够打败我对食物的欲望。"

在经历W君之后，我从来没想过会再跟一个解放军在一起，但我是学弟的女朋友，我想要跟他在一起，不管他的职业是什么。

我这个年纪的人，大学毕业，一无所有，22岁的loser[①]，说起爱情的时候，自己都想要抽自己两耳光，问："尼玛[②]这个月赚的钱够不够你养活自己啊？"

我不是个伟大的人，但我始终觉得知恩图报是个美德。在我的人生找不到出口的那么多年里，我一直活得跌跌撞撞，一度头

① 即失败者。

② 在网络用语中，"尼玛"是一种极为委婉的表达轻微怒气的语气词，因为多个网站、网络工作室把"你妈"设置为禁用词，所以就出现了"尼玛"这个谐音的骂人用词。

破血流。

能够遇到一个这样对我的人，除了珍惜，我想不到自己还能做什么。

不是没有遇到过其他来撩扯[1]的人，但是我已经能够斩钉截铁地告诉对方："你不行的，我男朋友是个没有缺点的人。"

对的，我的男朋友就是一个没有缺点的人。

故事写到这里，是不是很像历经九九八十一难最终取得真经的桥段？很多四年来一直旁观我人生的人也说："你终于找到一个归宿。"然而我知道这些始终只是故事里的情节。灰姑娘终于穿上那只水晶鞋，伊丽莎白终于和达西化解误会，王子吻醒了沉睡的公主，白流苏终于和范柳原陷落香港……但世间种种，那么多的可能，又岂是几个故事所能够写完的。这明明就是一条看不到尽头的路。

但是没有关系啊，既然你愿意与我分享食物，你就能懂我的疯狂。

① 挑逗，招惹。

你饿不饿，我做饭给你吃

Are you hungry? I'll cook for you

1

大学毕业之后，有一段时间我在C城，一边工作一边复习，准备来年的研究生“二战”。这段时间里我住在一个离学弟的学校很近的小区，如果跑步的话，大概五分钟就能够到达他们学校的院墙，我们可以隔着围墙见一面——苦情而又温馨。

那段时间，学弟经常为了跟我见面而逃掉晚饭，而我会在熟食店买好吃的给他带过去。直到有一天，学弟给我打电话，说好想吃扬州炒饭。

我心血来潮地表示：“好的呀，我给你做！晚饭的时候给你送过去。”

学弟又强调：“要正宗的扬州炒饭啊，你会不会做？”

这简直就是对我做饭能力的羞辱，我在电话里轻蔑地表示：“老子十岁的时候就能够在家里炒蛋炒饭炒到大杂院里的邻居闻香而来，你说我会不会做？”

学弟这才放下心来，十分愉快地对我说：“要有虾仁和胡萝卜哦……”我一口答应下来。

学弟又说：“好像还有火腿。”我又一口答应下来。

学弟继续愉悦地补充：“火腿不是火腿肠哟，你这个二货别弄错了。”我内心已经开始产生“你这是在逗我？”的想法。

这个时候学弟忽然说：“哎呀，等等，我去百度一下扬州炒饭的原料，念给你听哦。”

当电话那头传来他欣喜地朗读百度来的菜谱的声音的时候，我终于按捺不住，发动了宗师级的尖峰怒吼：“妈蛋！给你做已经很好了，还这这那那的，爱吃不吃！”

学弟噤若寒蝉半天，才委委屈屈地说：“是你答应要给我做正宗的扬州炒饭的嘛。”

挂断学弟的电话，我整装待发，奔赴楼下的菜市场，脑子里学弟碎碎念的声音挥之不去，终于，我非常厌地掏出手机百度扬州炒饭的原料。

其实我在内心深处，也十分渴望能够做一份真正的扬州炒饭，而不是路边随随便便一大盘只有鸡蛋和零星的火腿肠、胡萝卜丁儿的食物。

当我翻山越岭跋山涉水地备齐食材的时候，距离从家里出发已经过去一个半小时，我像一个征战凯旋荣归故里的将军，志满意得地满载战利品而归。

接下来我忙着煮饭。给虾仁解冻，把胡萝卜和火腿切丁，把荷兰豆洗好切碎——东北的菜场买不到青豆，唯有用荷兰豆代替。等到起锅装盘的时候，又过去了一个半小时。

一整个下午的时间都被我用来做这一份饭。

我拿着饭盒去找学弟，隔着塑料能够感受到米饭的温度，尽管当时已经是夏天，这样的温度却让人觉得心安，虽然我自己一口未尝，但我知道它一定很美味。

学弟打开饭盒盖子的一瞬间，明显露出了惊讶的表情，然后他困惑地问我："不是说只有蛋炒饭吗？"

我咆哮着说："谁让你一直叨叨叨的，我有什么办法！"

学弟尝了一口，然后眉毛一动，眼睛一亮，说："嗯！真的很好吃！你太厉害了！"那是当然。我心里悄悄地松了一口气，露出一副"果然不出我所料地好吃"的表情。

回到家里，一屋子的食物残骸等着我收拾——锅碗瓢盆灶台还有之前没用完的食材，我匆忙把剩下的饭一股脑儿倒进电饭锅，胡乱加了点儿水给自己煮了点儿粥，开始打扫"战场"，脑子里始终盘桓着不久之前学弟尝了一口扬州炒饭之后说"嗯！真的很好吃"的时候所露出的眼睛一亮的表情。

让我感到“想要把好吃的带给喜欢的人”的夙愿终于实现了的欣慰。

2

自从实验过扬州炒饭之后，我一发不可收拾地探索各种菜的做法，经常上网搜到一个菜就意气风发地奔赴菜市场。

有一天我买了二十个鸡翅回来，打算做可乐鸡翅给学弟吃，正在锅里小火收汁的时候，住在我隔壁屋的妹子提前下班回来了。妹子噔噔噔噔跑进厨房，问我：“欸，你烧什么好吃的呢？”

由于妹子下班的时间跟学弟他们的晚饭时间是一样的，所以这一次提前下班是她第一次看到我做菜。我一边揭开锅盖把鸡翅装盘，一边回答她：“鸡翅呀！”

大概一秒钟之后我反应过来要尽应尽的礼貌，恍然大悟地用筷子夹起一块给她，说：“你尝尝。”

妹子接过我的鸡翅，但是没有立刻就吃，而是继续跟我聊了一会儿，问我鸡翅多少钱一斤，以及我做这么一大盘要给谁，等等。又过了两三句话的时间，妹子才回她自己的房间。

我端着饭盒回到我的房间，准备出门给学弟送去的时候，忽然听见隔壁的妹子大声对她男朋友说：“哎呀，磨叽啥？给你吃你就吃！”

我顿时恍然大悟，原来她拿着那块鸡翅跟我聊天并非真的关心菜市场的行情，只是想要把食物留给男朋友，但碍于礼貌，不能拿了就走。

妹子跟她男朋友比我晚搬进来一个星期，两个人年纪都很小，月收入都不到1000块钱，他们很少在外面买东西吃，都是自己买一些绿叶蔬菜回来炒，我基本上没有见过他们两个人买荤菜。

几乎每一天，妹子都会为了一点儿鸡毛蒜皮的小事跟男朋友吵，我甚至已经习惯了他们两个人在隔壁你一句我一句地吼来吼去。

就在听到妹子吼她男朋友“给你吃你就吃”的时候，我忽然觉得很感动，也许当事人无法察觉，我作为一个旁观者，却被深深地触动了，并且竟然觉得有些羡慕，像他们这样每天生活在一起，即使每天吵得不可开交，还是愿意把唯一的一只鸡翅留给对方，这才是充满生活气息的爱情吧。

我想了想，又拿出一个盘子盛了点儿鸡翅，去敲隔壁的门，妹子看到我的时候有些惊讶。我向她解释：“我做得太多了，饭盒装太满了盖不住，放凉了也不好再热，你们帮我吃了吧。”

就是从那一天开始，听到他们吵架的时候，我再也不会产生“我靠这两个人怎么还不分手”的想法，而是又坏又贱地想：“吵吵吵吵吵吵吵，最后还不是要和好。”

3

食物对于人类有着十分重要的意义，这并不是我危言耸听。

人要生存下去，就必须摄入食物，这是最低级最原始的需求，同时也是深深地扎根在人性中无法抹去的需求。

名和利这些高级需求都是在食物这个基础上衍生出来的，所以从一个人对待食物的态度上能够看出来很多东西。比如吃相如饕餮的人通常有着强烈的欲望和野心，而一个在餐桌上看到好菜就只顾自己的人，通常习惯以自我为中心。

等等等等。

所以社交礼仪教我们在餐桌上表现出来的修养，全部意义就在于不那么轻易地将自己的本性暴露在别人面前。

而人在美食面前是很有可能放松警惕的，我不止一次看到在饭桌上眉飞色舞夸夸其谈的人，有时候是一桌男生纵横捭阖地谈论国家大事，有时候是三两个女生神情暧昧地讨论其他人的八卦。大部分平时不会讨论的话题，平时不会吐露的信息，就是在饭桌上公之于众大白天下的。

所以在面对食物的时候，人们所流露出来的本性决定了，愿意与你分享食物的人，代表着愿意让你加入他的人生，而愿意为你放弃食物的人，一定也愿意为你牺牲他的一切。

不用有任何怀疑。

4

后来，我的厨艺从家常菜发展到了挑战西餐厅的地步，最后一次做的，是咖喱鸡肉饭。

同样也是轰轰烈烈地准备食材，买鸡肉回来焯水，土豆泡去淀粉，先煮后放咖喱，最后加入鸡肉，如果再加点儿番茄酱会更加美味。这是我在长期做菜的过程中摸索出来的真理，只要是红烧的菜，加一点儿番茄酱一定会更加好吃——可能这只适合口味偏甜的南方人。

就在我要给学弟送去的时候，他忽然给我打了一个电话，他说：“你别过来了，我去找你，我们一起吃饭。”

这个时候的学弟已经不会因为我做的饭好吃而激动了，这在我们看来都已经顺理成章，如果哪一天我忽然做出黑暗料理来才是令人意外的事情。

吃完饭我去收拾厨房的时候学弟跟进来，然后他用疑惑的语气问我：“你要收拾多少东西？”

“嗯，就锅和碗啊，还有砧板。”我一边马不停蹄地放水把锅和碗泡起来，一边动手收拾土豆皮和胡萝卜皮，把乱了次序的调料瓶重新排列整齐。学弟走过来帮我收拾，然后他忽然对我说：“做这些，你每次都很辛苦吧？”

“欸？”我还没反应过来，学弟就接下去说：“你以后别做了。”

“欸？”我下意识地反驳，“没关系啊，做出来我自己也是要吃的。”学弟撇了撇嘴，对我说：“我又不是不知道你，你这么懒，怎么可能给自己做饭吃。”

“哦……”我顿时被噎住了。他这样一说，我似乎想起来，在最开始做扬州炒饭之前，我都是早晨起来煮一大锅杂粮粥，然后吃一整天，或者干脆去楼下的菜市场买熟食，根本没有哪一天会心血来潮要给自己做一顿丰盛的饭菜。

学弟又强调一遍：“以后别这么麻烦了，从准备材料到做起来，再到后面收拾厨房，太辛苦了，我之前没想过这些，以后咱俩还是吃简单点儿吧，双休日我要是能请假出来，就带你出去吃好吃的，你别在家里弄了。”

学弟说话的时候仍然在马不停蹄地帮我擦桌子，我停下来看着他，但是他甚至都没有看我，只是忙着手上的事情，这一切好像都是漫不经心而又理所当然地从他口中说出来。

他说：“跟吃的比起来，我还是希望你不要这么辛苦。”

我背过身去，拼命地眨眼睛，忍住眼泪，说：“没关系，不辛苦。”

真的不辛苦。

如果有一天，你分到边疆

If One Day, You'll Go Somewhere Far Far Away

最近倾诉欲爆棚，原因陈列如下：

吃散伙饭的时候，三个森林武警基友[①]一起恐吓我：当军嫂很苦的。

然后是有个很好的森林武警朋友跟我说，他担心以后给不了姑娘幸福，觉得心有亏欠。

然后是一个不是很熟但是曾经在我大一患急性肠胃炎的时候带我去医院的森林武警同学写了一篇日志回顾了一下他的感情，顺便充满忧患地展望了一下未来。

再然后是我男人对我说："我也不知道下了飞行团之后生活会怎么样，说不定我们就不能在一起了。"

---

① 网络上一种戏谑的称呼，常用来指好兄弟、哥们儿、死党、战友，有暧昧以及拉近关系的意味。

再再然后是我非常喜欢的一个姑娘跟我的一个武警内卫基友在一起了，妹子在上海，基友被分到哈尔滨去了。

压垮我的最后一根稻草是今天看到我男人转发的一个状态，说一个大四的学长给谈了七年的女朋友打电话说：“我们分手吧，我被分到边疆去了，我给不了你幸福。”

作为一个二货[①]，我就开始代入感很强地感觉到内心的小宇宙在熊熊燃烧了……尤其是目测我家爷们儿貌似还很赞同那个学长的做法，这让我内心充满不安。为了防止明年此时我在家吃着西瓜唱着歌，忽然接到一个电话说“我们还是分手吧”，我就直说了吧……

我觉得很多人都小看了一个姑娘的决心。

你觉得对于一个妹子来说什么是幸福？

如果你都不清楚一个姑娘所要的幸福是什么，那么就不能够用“我给不了你幸福”这种理由来退出一段感情，那只是你以为的幸福而已。

这种借口要不是英雄主义情结作祟，就是不想让自己有所亏欠，不愿意让自己承担太多的责任和压力。你希望在一段感情中双方是两不相欠的，这样你就不必加倍报答以缓解心中歉疚……

① 网络用语，指言行举止不靠谱、与常人不同的人，含戏谑调侃之意。

但是兄台你真的多虑了……

实际上，一个会用“我为你付出了这么多”来要挟你的姑娘，根本不可能甘愿为你付出。

愿意等你的姑娘，图的根本就不是哪一天你飞黄腾达，或者是你能够像偶像剧男主角那般温柔多情，更不是你有朝一日加倍偿还。

对一些姑娘来说，能够在你心里占据那个别人取代不了的位置，就已经足够了。

我知道整个社会都在传达一种“姑娘越来越现实，姑娘越来越物质”的理念，但是你要知道，这个世界上还是有一根筋的姑娘认为精神比物质更牢靠。你们不能因为看到很多姑娘很现实很多姑娘很物质，就否定另外一些姑娘，对不对？

一个姑娘能够在大学这种花花世界里坚持四年异地恋，还不能说明一切吗？你这样judge[①]人家姑娘，让人家情何以堪？

如果有一天有人这样judge我，我一定会……很悲愤的！

所以……

如果有一天你分到边疆，不要给我打电话跟我说分手好吗……

虽然我没学过地理，不知道中国最南最北最东最西到底相距多

① 意思为评价、评判。

远，但是其实就算知道了，这个距离在我心里也不过是个数字而已。

只要你还在这个地球上，只要你不被神10神11神N发射到莫名其妙的地方去，我就可以坐飞机坐火车坐汽车坐马车坐驴车走路找到你，当然如果你给我报销路费的话我会更开心的！

我会提前百度好车次路线不会走丢的好吗？我不会跟陌生人说话不会被拐走的好吗？我胳膊肌肉很发达你不用担心我拎不动行李好吗？

我会给你带好吃的过去好吗？不管你想要上海的还是高邮的，你就算要湖南湖北广东广西的我都会给你弄到的，还包邮哦亲！

你有空了给我打个电话发个QQ信息我就能乐颠颠好几个钟头你知道吗？就算边疆不能打电话不能上网，你可以给我写信什么的，我保证好好回信好吗？我会给你写很长很煽情的话，给你汇报各种思想动态人生经历好吗？

你要是没空我会自己好好待着好好学习好好工作好吗？我既不喜欢逛街也不喜欢去夜店所以基本上给我一个电脑一个手机我就可以一个星期不出门的好吗？我不会觉得孤单也不会觉得寂寞因为我知道某一个地方有一个你在那里啊！

如果有一天你分到边疆，不要跟我说你给不了我幸福好吗……

对于我来说，幸福不是天天跟你腻歪在一起好吗？也不是名牌包包名牌衣服好吗？我的价值观就是一个男人能给我多少幸福跟他能给我多少物质完全不沾边好吗？像学姐这种内心纯爷们儿的人根本就不在乎钱啊权啊地位啊这些东西的好吗？图样图森破[①]有没有？

学姐是什么人你最清楚的啊，学姐是个“流氓”啊！“流氓”是什么意思，“流氓”就是对一个人死心塌地根本不需要什么理由啊！“流氓”就是千金难买我愿意啊！

我愿意跟你在一起，跟你在一起就是幸福啊……这么简单的事情很好做到啊，不要拿这个做理由好吗，那样学姐会觉得自己在你眼里和其他姑娘没什么区别，学姐会觉得很挫败的好吗？

如果有一天你分到边疆，请你自己照顾自己好吗……

你不要老是打篮球了，上次我把你膝盖的核磁共振片子拿到301医院，大夫说让你定期复查，但你老是不听，去了边疆肯定没有什么特别好的医院，你一定要自己注意保养。

你不要说话那么直，别人惹你了你不要生气，你生气了我没办法给你顺毛[②]，那样憋着很伤人的，大家都在那么远的地方都挺不容易，男人每个月都要来大姨夫的。

抽烟没关系，喝酒也没关系，但我还是那句话，不要没有节制就好了。劣质的烟不要抽，劣质的酒不要喝，那样对身体的伤害特别大。

---

① 网络用语，为英文“too young，too simple”的中文谐音，意为太年轻，很傻很天真。

② 此处衍生意义为安慰、安抚。

你知道的，我是一个有很多缺点的人，但是你也知道，我内心很强大，遇到很多事情我会哭会抑郁但是我会自己擦掉眼泪去处理问题，你不用担心我的呀！

学姐是个纯爷们儿呀！

你可以对我说：“我真的很讨厌你你脾气这么烂我们分手吧！”
你也可以说：“我看上那个胸大屁股大的萌妹子了，我们分手吧！”
你甚至可以说：“我从一开始就没喜欢过你，我们分手吧！”
等等等等。

你说这样的话，我肯定毫无怨言地收拾东西，默默地从你的世界里滚蛋。

但是如果是“分到边疆”这个理由的话，不管我在哪里，我都会跋山涉水翻山越岭找到你，打你个生活不能自理，以报复你对我的不理解、对我造成的巨大伤害！

Chapter 2

我并没有完全了解自己。我依旧在学习怎样去爱。

温 情 的 真 相

The Truth of Life

Love
Can Do Anything

没有人会真的站在回忆里等待谁，左边姑娘的少年男友在跟左边姑娘分手一年后有了新的女朋友，赵先生再求复合失败之后又有了新的女朋友，被赵先生甩掉的同事新欢在两个月之后相亲成功开始备婚。

人是必须向前走的，左边姑娘在最近的一次反思中总结，只有不断往前走的人，才会明白自己的过去和现在。

无人等候

Nobody is waiting for you

1

9月的某一个周五，上海大雨倾盆，第二天又是司法考试，这是我的朋友左边姑娘第三次去考这场试。

我在QQ上对她说：“赠你一万斤人品，必过无疑。”
左边姑娘回复我：“那必须的，我现在全身都是人品。”
我说：“是的是的，我知道你现在就是一个巨大的人品源。”
左边姑娘说：“是因为刚被甩吗？”
我说：“是的是的。虽然这样说有些残忍，但是，是的。”

左边姑娘给我发来一个既interesting[①]又I don’t care[②]的表情。

左边姑娘是我的高中同学。

---

① 即“有趣”。

② 意为“我不在乎”。

我十三岁的时候就听说了以英语成绩好而闻名于整个年级的左边姑娘，十五岁的时候和左边姑娘成为同班同学，她坐在我的前桌，我们两个人在长期的上课传小纸条行为中积累了深厚的友谊。

到如今已经有八年了，这是一整场抗日战争的时间。

高中毕业之后我去了北京上大学，左边姑娘则去了南京，我们两个人相距甚远，很少见面，最多在QQ上吐槽[①]一下彼此的生活。左边姑娘无疑是我最信任的人，因为我可以信任的人很少。但是左边姑娘的朋友很多，因为她的确是一个性格很好的姑娘，爱好又广泛，对生活充满取之不尽的热情。

不像我，总是对一些莫名其妙的事情有着莫名其妙的偏执，并且总是让这种偏执把自己和别人双双逼到墙角。

2

说到左边姑娘被甩这件事情，我们两个人都唏嘘不已。

左边姑娘的前男友赵先生比她大三岁，是个典型的东北人，人高马大，单纯勇猛一根筋。

左边姑娘在遇到赵先生之前有过两段感情，第一段是在大一的时

---

① 网络用语，指从对方的行为或者语言中找一个有趣的切入点，发出感慨或者疑问，含有揶揄之意。

候，对方是左边姑娘的高中同学，两个人同班三年，大学又恰好是校友，两个人又恰好志趣相投，那男生又恰好喜欢她。

这样的恰好，让所有的人都觉得他们两个在一起是一件喜闻乐见的事情。

但是不到三个月，左边姑娘就跟男朋友分手了，理由是不知道到底是为什么在一起。

举一个简单的例子。左边姑娘和男朋友是同校，两个人每天一起吃饭，双休日一起逛街，有球赛就一起看球赛，诸如此类……但是对于左边姑娘来说，没有男朋友的时候，每天也一样要吃饭，双休日一样要逛街，有球赛也一样要看球赛。

那么，拥有这样一个男朋友的意义到底是什么？

左边姑娘想了很久没有想明白这件事情，更要命的是，这个问题想得越多，左边姑娘就越觉得完全不必拥有这样一个男朋友。

后来左边姑娘跟男朋友慢慢地冷淡了，不再一起吃饭，也不再一起逛街，甚至有时候连球赛也不一起看了。

最后两个人和平分手，也不再做朋友。

左边姑娘在空窗了半年之后，有了第二任男朋友，是隔壁学校的男生。两个人在从朋友往恋人这个方向上过渡的那段时间，是左边姑娘觉得最有意思的时间。

她问过好多朋友："他喜不喜欢我？他会不会和我在一起？"

她和所有陷入爱情中的姑娘一样，事无巨细地和女朋友们讨论分析，试图得到与那个少年相关的蛛丝马迹。直到最后少年终于表白，与左边姑娘正式成为情侣。

又是一个喜闻乐见的结局。

但是同样不到三个月，左边姑娘就又开始向我还有其他的朋友求助："怎么办，我又开始觉得没意思了，我想跟他分手，怎么办？"

围观的群众有劝左边姑娘不要冲动的，也有骂她没事作妖[①]的，但是没有人拦得住一意孤行的左边姑娘。

左边姑娘跟第二任男朋友的分手场景异常残酷，在左边姑娘整整一个星期对男朋友爱答不理之后，男朋友给她发来图片询问："情人节送你这个手办[②]可以吗？"

左边姑娘回复："我还以为你已经懂我的意思了。"

男生沉默了很久，发来一长串的话，其中有一句是："抱歉，打扰了你这么久。"

---

① 即爱折腾，故意玩出很多不被人喜欢的花样。

② 指现代收藏性人物模型，也可以指汽车、建筑物、植物、昆虫、古生物或空想事物的模型。

左边姑娘看着那句话痛哭失声，她还没有来得及道歉，对方就已经替她铺好了全部的台阶，甚至连一个认错的机会都不给她。

她毫无来由地用最简单和粗暴的方式把这样一个温和的男生从自己身边推走了。

3

除了无法长久地维持一段恋情之外，左边姑娘是个没有缺点的姑娘。

左边姑娘从高中开始热爱足球和摇滚，跟那些每四年打一次鸡血围观世界杯帅哥的姑娘不同，左边姑娘对球队和球星了如指掌。同样，与那些迷恋艾薇儿和五月天的姑娘不同，左边姑娘听重金属和死黑。

就在如此特立独行的同时，左边姑娘性格温和，从没跟任何人闹过矛盾。

那两段短暂而又结束得莫名其妙的恋情，对左边姑娘造成的伤害并不比那两个男生小。

我们都曾经无比讨厌小说或者电视剧中那些始乱终弃的人，直到我们亲手给自己贴上不负责任的标签，才知道在那些表面的绝情之下，有着怎样的内心。

左边姑娘不断地反省自己，最后说：“像我这种爱无能的人，最好还是不要祸害别人了。”当时她大二，从那以后，左边姑娘真的拒绝了所有追求她的人。

“这样对我和别人都好。”每一次我都煽动她，这次干脆接受算了，她都会这样回答我，免得再伤及无辜。

左边姑娘真的就这样自得其乐地过了两年，她的爱好太多，精力又旺盛，总是不断地寻找新的游戏新的美食，她了解城市中许多不为人知的隐秘店铺，还有与那些店铺和街道有关的隐秘故事，她带给自己的乐趣太多，以至于完全不必依赖任何男生。

就像《生活大爆炸》中谢尔顿说的那样：“我自己已然如此有趣，以至于我完全不需要寻找一个伴侣。”

4

直到左边姑娘遇到赵先生。

左边姑娘在香港念LLM[①]的时候认识了赵先生，两个人相处了一段时间，赵先生向左边姑娘表白了。

这一次左边姑娘没有拒绝，在单身两年半之后，左边姑娘相信自己的阅历已经足够支持自己投入一段严肃的感情，更相信自己已经了解如何维持一段感情。

左边姑娘是临毕业的时候认识的赵先生，那恰好也是赵先生去香

---

① 一个一年制的法学进阶课程。

港出差的最后两个月，于是这两个人刚刚成为男女朋友，就变成了异地。

左边姑娘结束学业回到江苏，赵先生工作完成回到东北。

没有经历过异地恋的人，是永远不会懂得异地恋的辛酸和艰难的。因为无法见面，情侣们只能够通过手机或者网络，通过我们身边那些无影无踪的电波传递感情。

电波是多么无情的一种东西啊，人的表情那么多，语气也那么多，更不要提那些千回百转的心情。然而这一切，经过电波的传递，到达对方那里的时候，就只剩下冷冰冰的文字或者无迹可寻的声波。

文字再优美，声音再动听，都无法填补不能见面的遗憾。

即使如此艰难，左边姑娘也从未放弃过这段感情，她说："我真的很喜欢赵××。"

5

赵先生也真的很喜欢左边姑娘。这是他亲口对我说的。

人这一生，能够遇到多少像左边这样有意思的姑娘呢？她既沉静独立又热情大方，有一个那么漂亮的学历，还有一副那么随和的性格。扮得了小清新咽得下重口味，看得了芭蕾舞吃得了大排档。

赵先生遇见过的姑娘并不少，他甚至已经修炼到可以在一顿饭的时间里看清一个姑娘的本质，当得知左边这样的姑娘竟然还没有男朋友的时候，他迅速地展开了攻势。

可能做金融的人都有这样一种令人震惊的行动力吧。

赵先生是一个很模范的男朋友，对左边姑娘千依百顺。左边姑娘玩网游，赵先生就注册一个账号陪着左边姑娘；左边姑娘喜欢足球，赵先生就开始锻炼身体准备参加单位的球队；左边姑娘要参加司法考试，赵先生甚至买了教材跟左边姑娘一起学习。

他们两个人在一起到第四个月的时候，左边姑娘欢天喜地地告诉大家："已经第四个月了，但是我还想要跟他在一起，哇哦！"

但是就当我们都觉得左边姑娘跨过了自己的障碍的时候，赵先生首先提出了分手。

6

我给赵先生打电话，问发生了什么。

赵先生说："我想要给她一段完美的感情，但是我不在她身边。所以不管怎么样，我都不可能给她一段完美的感情啊。不能见面，也不能一起吃饭看电影，做不到那些正常情侣都能够做的事情，这种感情注定是有缺陷的。既然这样，那就不要在一起了吧。”

我好言好语但又绵里藏针地训了赵先生一顿：“你觉得左边这样的姑娘在乎你陪她吃顿饭看个电影？在乎天天腻歪在你身边？她要是在乎这些她当初就不会答应跟你在一起了，你现在这样，也未免太看不起左边姑娘了。”

赵先生如梦初醒般地去找左边姑娘，两个人和好如初。

但是左边姑娘无法如初了。

左边姑娘无法忘记赵先生曾经主动提出要放弃这段感情，不管他的理由是什么，这都让她原本满格的安全感瞬间只剩下百分之十。

左边姑娘开始考虑跟赵先生的未来，考虑他们之间一千多公里的距离，考虑赵先生已经工作了五年而她才刚刚拿到硕士证书还没有找到一份稳定的工作，考虑赵先生未必能来南方而她绝不可能抛下父母去北方。

最糟糕的是，不仅左边姑娘，赵先生也开始考虑这些实际问题了。每当左边姑娘对这段感情提出质疑，赵先生从不反驳，也不提出解决方案。

越是这样，左边姑娘就越没有安全感，越是没有安全感，她就越是看赵先生不顺眼要挑赵先生的刺儿。两人争吵，冷战，和好，再争吵，再冷战。

千里之堤，溃于蚁穴。

7

左边姑娘与赵先生这段感情，终于在为时两个月的彼此折磨中落下了帷幕。

赵先生再次提出分手，理由跟上次一样，但这次加了一条：看不到未来。

左边姑娘丧失理智丧失了一个星期，她用尽办法去挽回这段感情，有她自己想的办法、我提供的办法，还有三流小说和电视剧里面女主角惯用的方法。

就这样一哭二闹三上吊地过了一个星期，赵先生丝毫不为所动。左边姑娘终于也感到了疲惫。

“我放弃了，这样真没意思。”左边姑娘对我说。

我说：“也行，我快开学了，请你吃个饭吧。”

那天我和左边姑娘喝了点儿酒，量非常少，晚上还要回家的我们并不敢一醉方休。

我们相对而坐，先是骂赵××是个大傻×，然后放地图炮，骂×城的人都是大傻×，再后来，××星座的都是大傻×，××年出生的都是大傻×。

后来我们干脆把全中国的男人都骂了一遍。左边姑娘笑得趴在桌上对我说："哈哈哈，我们两个人真逗比[①]啊。"她停了一下，说："逗比这个词，还是跟赵××学的呢。"

"那以后不说了。"我说。

"没关系啊，说！"左边姑娘笑嘻嘻地对我说。

"嗯。"我说，"左边，你知道吗，赵××一定会后悔莫及的。"

"那又怎么样呢？"左边姑娘说，"后悔了也不能怎么样啊，难道我会跟他和好吗？"

那天饭后，我跟左边姑娘去了我们那儿一座著名的大桥，河风阵阵，桥灯昏暗，学生党三五成群，情侣们搂搂抱抱。左边姑娘和我坐在桥栏边，我看着灰暗的河面，远处的船只没有形状，只能看到闪烁的红绿色灯光，等船到桥下，变成朦胧的灰色影子，无声地从我们脚下经过。不知道是不是酒精的作用，她对我说了很多话。

如前所述，左边姑娘是个感性的人，但也不乏理智，在终于明白这段感情无法挽回之后，她开始进行自我反思，打扫内心一片狼藉的战场。

---

① 网络语言，指人傻。根据语境，有时含戏谑之意。

左边姑娘忽然明白自己对赵先生持续的热情以及自己对这段感情持续的坚持来自哪里。

他们两个人相识于香港，在那样一个充满小资情调的地方，赵先生的每一次追求举动，都被加了额外的分数，以至于时至今日，回想起来都觉得充满浪漫和温情。此后两个人匆匆分开，相隔两地，借以度日的只剩下回忆，而回忆那么美好，这种美好的回忆又给赵先生加了额外的分。

就这样，实际上左边姑娘所爱着的，不过是回忆里那个被许多客观因素加了分的赵先生，直到赵先生第一次提出分手，像一记闷棍把她敲醒，她明白赵先生并没有她想象的那么爱她。

8

赵先生爱着的，其实也不过是他回忆里的左边姑娘。

赵先生与左边姑娘分手之后一个星期就有了新的女朋友。左边姑娘看着他们在网络空间秀恩爱的照片，竟然感到十分平静。

赵先生的新女朋友是他的同事，看起来他终于能够给对方一段朝夕相处、能够“一起吃饭看电影”的“完美”感情了。

左边姑娘忽然意识到，赵先生所说的不能够给她完美的感情，实际上是在说她不能够给赵先生完美的感情。左边姑娘明明从来没有抱怨过两个人这种异地的关系，也没有对赵先生不能天天陪在她身边表示出任何不满，赵先生说出那句话，原来只不过是种遮掩。

与此同时，左边姑娘发现，自己在得知赵先生有了新女友之后的第一反应，竟然不是怨恨他找了新欢，而是不爽他竟然在自己之前找到了新欢。原来自己也没有那么爱他，怪只怪异地将情绪放大了。如果上天能够早一点儿给自己一个比赵先生优秀的追求者，大概先变心的就是她自己了吧。

谁都不是无辜的人啊。

想明白这一点，左边姑娘轻松愉快干净利落地删掉了赵先生所有的联系方式。原来成熟的人之间的感情，是这样势均力敌。左边姑娘忽然想起自己的前男友，那个被自己冷暴力之后，给自己发来大段文字，并且说抱歉的男生。

左边姑娘掏出手机，找了好久才找出那条信息，她又认真地读了一遍。

短信上的时间是2010年1月30号，三年多过去了，左边姑娘像三年前一样痛哭失声。

三年前的左边姑娘哭，是因为不知道为什么事情会变成这个样子；三年之后，左边姑娘终于明白，是与少年相处太安逸太安心不用担心失去对方的那段时间，让自己忘记了最开始时爱上他的理由，忘记了那些最初的心情。她的爱情，竟然是生于忧患，死于安乐。

左边姑娘用了整整三年时间才明白，自己并不是爱无能的人，她能够和赵××谈这么久的恋爱，却再也回不去三年前，去爱那个付出了真心的少年。

9

左边姑娘跟赵先生分手的第二个月，赵先生找她复合。理由是新欢不如旧爱，像左边这样的好姑娘，失去一个就再也找不到第二个。

左边姑娘看着那一串手机号码，从短信的语气揣测出对方是赵先生无疑，左边姑娘觉得有些困惑，为什么成年人在爱情这件事情上竟然可以如此反复无常？她并没有质问赵先生的移情别恋，也没有嘲讽赵先生回头已晚。一向脾气很好的左边姑娘只是淡淡地回复了一句："不好意思，请问你是……"

赵先生并不愚蠢，从此没有再联系过左边姑娘。

赵先生其实也给我打过电话，手机就放在我面前的桌子上，我看到屏幕亮起，又暗下去，再亮起……

我不知道该跟赵先生说什么，以前他跟左边姑娘有矛盾的时候给我打电话，我会跟他说："姑娘嘛，都是要哄的，你哄一哄就没事了。"

但是现在说什么呢？虽然我有一大堆想要教训他的话，但是说了他也未必能够明白，就算他能够明白，左边姑娘自己都没有开口戳穿，我又有什么立场去说呢？

我的手机就那样明明灭灭了十分钟，终于彻底地暗了下去。

没有人会真的站在回忆里等待谁，左边姑娘的少年男友在跟左边姑娘分手一年后有了新的女朋友，赵先生再求复合失败之后又有了新的女朋友，被赵先生甩掉的同事新欢在两个月之后相亲成功开始备婚。

人是必须向前走的，左边姑娘在最近的一次反思中总结，只有不断往前走的人，才会明白自己的过去和现在。

走出校园的左边姑娘终于进入了真正的成年人的世界，在这样的世界里，没有过去，只有现在和未来。

屌丝没有爱情

A Diors Doesn’t Deserve Love

1

在“屌丝”这个词出现之前，我一直找不到合适的词形容Z。

后来网络上出现了“屌丝”这个词。最开始这个词只不过是一群人的自嘲，后来我和Nana发现，还真的存在着“屌丝”这样的人群。

这个词从一开始莫名其妙地没有含义，到逐渐被赋予各种各样的意义，就像各种不同的色彩调和在一起，最终变成屎一样的颜色。

我终于找到一个合适的词来形容Z，这个词里面包含了我对这个人的一切负面印象，我终于不用长篇大论地去解释这个人的所作所为，只消一句简单的“这个人太屌丝了”，就能够表达出一切情绪。

我对Z的讨厌之深，让我都不愿意在他的姓氏后面加一个“先生”，那简直就是对“先生”这个词的侮辱。

我跟Z本身没有任何交集，我们虽然是同一个大学的，但是既不在同一个院，又不在同一个年级，如果不是有一段时间Z追求过Nana，我根本不可能认识他。

2

Nana是我在大学里最好的朋友，像我这种性格偏执的人，提到最好的朋友，一只手就能数过来。初中的时候是小五，高中的时候是左边姑娘，大学的时候是Nana。现在读硕士，暂时还没有什么朋友。

大二的某一天，一个陌生的男的在人人上加我好友，加完之后就跟我要QQ。我愣了一下礼貌回绝，对方又对我说，他只是想追求Nana，听说我们关系很好，所以想找我帮忙。

我当然很乐意做这个红娘——所有奉献型人格的艾斯比[①]都有这个爱好。于是我乐颠颠地加了Z的QQ，开始跟他聊天。

“Nana有男朋友吗？”Z问我。
“好像没有。”我回答。

“那她以前有男朋友吗？”Z又问。

---

① 网络用语，指人傻，此处带有自嘲意味。“艾斯比”即英文字母SB（傻×）的中文音译。

“哦，有啊。”我说。

“她以前的男朋友是北京人吗？”Z问我。

“不清楚哦，”我说，“好像是的。”

“家里什么背景？”Z又问。

“哦，好像是开工厂的。”我说。

“我靠，这么有钱！Nana为什么要跟他分手？”Z继续追问。

“哦，我没问过啊，”我说，“你问这个干吗？”

“我要对比一下啊，不然怎么知道自己有没有竞争力？”Z说，“感觉压力还挺大的，Nana前男友真是富二代吗？”

“那也分手了啊。”我说，“有没有钱没那么重要的，再说了，Nana那样的姑娘也不在乎钱吧？”

“不可能啊。”Z说，“谁不在乎钱啊，哪个姑娘不喜欢有钱人啊？”

“哦……”我一时不知道怎么回答，只默默地“哦”了一下，打出一串省略号。

3

直到Nana跟我吐槽之前，我并不知道Z采取过什么具体行动，因为他除了偶尔回复一下我的人人状态，或者在QQ上问我追女生有什么注意事项之外，也不说别的。我觉得他就是打打嘴炮[1]，并不打算做出实际行动，或者他希望我帮他表白，但是又不好意思跟我开口。

① 台湾网络流行语，意指说大话、空话，并不采取实际行动。

我觉得这个人有点儿烦，但是不至于让人讨厌。我也没有跟Nana说这件事，以我对她的了解，她是绝对不可能喜欢Z这种莫名其妙的人的。但是有一天，Nana突然对我说："我去！今天碰到一个傻×。"

"怎么了啊？"我问Nana。

"就一傻×啊，"Nana说，"今天我去图书馆，莫名其妙跑出来一个人，非要请我喝咖啡，就是图书馆那种一次性杯子装的速溶雀巢，我哪儿敢喝啊，谁知道他什么来头。结果那人给我来一句：'你是不是都喝星巴克啊？'"

我有种不好的预感，大概是Z的第一次行动铩羽了。

Nana嘴一撇，说："我看起来是那种整天装×的女的吗？还都喝星巴克，这不是侮辱人吗？"

我支支吾吾地向Nana坦白："嗯，这个人之前就加过我人人，还加了我QQ，说喜欢你。"

"我靠，"Nana向后跳了一步，"你怎么才说啊？你早点儿说我也好有个心理准备啊。他这突然给我来这么一下，我都蒙了。完全失去了招架之力啊。"

"你怎么跟他说的啊？"我问Nana。

"我当然和颜悦色地跟他解释啊。"Nana说，"我说'不好意思同学我真的不认识你'，然后丫就把一卡通拿给我看了。我靠，大四的啊，你说都快毕业了不好好实习这都是搞毛呢啊？”

“然后呢？”我问Nana。

“然后就拉着我一顿神侃啊，”Nana说，“真心是傻×啊，不就是大四的，参加过几次招聘会吗，就觉得自己在社会上混了大半辈子了，跟我谈人生谈理想谈社会不公司法腐败，你说我一个学法学的，他跟我这儿抨击司法，这不是有病吗？”

4

Nana对Z的第一印象并不好。尽管图书馆搭讪成就了许多的恩爱情侣，但是Z可能是打开方式[①]太错误了，一开始就给Nana留下了不好的印象。

像Nana那么火眼金睛又雷厉风行的姑娘，在正常的打开方式下都可能触到她的雷区，更何况Z这种自寻死路的搭讪方式。

Nana对我说：“你早点儿告诉这人啊，我跟他完全没可能。”

我当然没有对Z直说，我觉得这样未免太过残忍，虽然我觉得Z有点儿小家子气，但他毕竟也是因为喜欢Nana才来向我求助才去图书馆等Nana的，他只是恰好喜欢上了一个不适合自己

---

① 网络用语，最开始指如何打开电子文件，后来网民用“一定是我打开的方式不对”表达对某些令人震惊的事物的惊讶之情，含戏谑之意。此处指搭讪女孩的方式。

的对象而已。

我跟Nana当时才大二，我还是一个性格怯懦的艾斯比，人前人后都想当一个亲切友好的老好人。我想，大概很快Z自己就会放弃Nana，我又何必多此一举，当这个坏人。

有一天，Nana给我发来一长串人人聊天记录，大概内容是Z质问她为什么总是对他那么冷淡，是不是嫌弃他没钱，还说我告诉他，Nana的前男友是个有钱人，想不到Nana外表清新，实际上让他那么失望。

看到Z发的那些话当时我就震惊了，我完全不知道Nana做了什么让这个人这样丧心病狂，也完全不知道Z为什么要说是我告诉他Nana是个嫌贫爱富的人。不过还好，我有跟他的QQ聊天记录，我把我们的聊天记录截图，给Nana发了过去。

Nana回复我："这人真是傻×啊，靠！"
我说："我这就去跟他说你们两个人完全不可能。"
"别说了。"Nana说，"他这是病得不轻啊，能听你的吗？随他去吧。"

5

就这样相安无事了一阵子，Nana跟我照常上课，Z大概也忙着找工作，不怎么回复我的状态，也不怎么找Nana，一转眼就到了大二下学期，就在我们都快忘了这个人的时候，Z又出现了。

Z似乎也忘记了Nana，他在QQ上出现，对我说："嘿，我看你人人，觉得你在情感方面很在行啊，我有个事情想请你帮忙。"

"什么事？"我一时手贱，又回复了他。

Z给我发来一张照片，问我："怎么样？"

"什么怎么样？"我问。

"我家里给我安排的相亲对象，"Z说，"你看怎么样？"

我这才仔细地看了一眼Z给我发来的那张照片，说实话，姑娘长得一般，我不知道Z是不是想让我把那姑娘跟Nana做个比较。我回复Z："很好啊。"

我本以为Z听了这句话就会放过我，但是他没有，他开始向我倾诉他的感情问题："她家条件挺好的，但是她没上大学，我跟她聊了几次，觉得挺没内涵的。""哦？"我一时没明白Z到底什么意思。

"其实我觉得，跟她结婚也挺好的，对事业有帮助。"Z说。

"那就结呗。"我顺水推舟。

"但是我觉得那不是我想要的。"Z说。

"那你想要什么？"我问Z。

我原本以为Z要说一说自己年少时候的豪情壮志，想要自己实现理想，不愿意依靠岳父什么的。但是Z没有，他说了一句震惊我的话，他说："我觉得她太普通了，不仅长得普通，而且谈吐也很普通。"

"大多数人最后都找了一个普通人共度一生啊，"我对Z说，

“哪有那么多传奇的人生。”

“你看，”Z说，“为什么就有人能找到Nana那么独特的人，或者能找到像你这样甘心付出的人。为什么我就找不到这样的？”

我默默地忍住了那句“因为你是个傻×啊”。

6

Z的相亲失败了，这让我替那位“家庭条件挺好”的姑娘松了一口气。

Z又来找我，他执意要给我打电话，我又不好意思拒绝，于是就把电话号码给他了，Z那天似乎喝醉了，在电话那头捶胸顿足地表达自己的伤心。

他好像并不记得自己不久前还在QQ上对我抱怨那个姑娘长相一般没内涵，这么快就以一个伤透了心的形象出现，真是让我有点儿无法适应。

我当时并没有揭穿Z，还好言好语地安慰他：“将来一定有人能够看到你的闪光点，你也一定会遇到爱你的人，你不要着急，跟这个姑娘没有结果，是因为以后会碰到更加合适的人。”

那天我花了一个小时安抚Z的情绪，尽管我并不想那么做，但是我总不能对他说“不好意思，我实在不想跟你讲话，你去找别人聊天吧”。

Z好不容易平静下来，他不再抨击姑娘们嫌贫爱富，而是认真地对我说：“我一定会成功的，我一定要成功。”我只能回答他：“好的，你加油。一切都会好起来的。”

其实我心里很清楚Z的问题在哪里，他总是把一切内在的问题外化成钱的问题，他觉得Nana不喜欢他是因为他不成功，相亲妹子不喜欢他是因为他不成功，而成功在他心目中只有一个意思，那就是有钱。

他完全不知道他从来没有关注过姑娘们真正需要的是什么，不知道妹子们为什么不愿意跟他在一起。

Z似乎觉得只要有朝一日他有了钱，一切问题就迎刃而解了，很多人也有同样的想法。但是悲哀的是，这样想的人，可能一辈子都很难拥有足够他们解决一切问题的钱。

这真是个悖论。

我并不喜欢Z这样的人，但我知道他的性格和思维方式是在过去二十多年的时间里养成的，基本已经定型了，他所处的生长环境决定了他会变成这样一个人，他自己其实别无选择。

当Z醉醺醺地问我“为什么”的时候，我觉得他其实挺可怜的。

7

Z考上公务员之后给我打电话。他在电话那头喜气洋洋地对我说：“我第一个通知的人就是你哦。”

“谢谢你。”我说，同时把后半句“我并不需要”咽了回去。

“有空请你吃饭吧。”Z说。

“不用了啊。”我说，“不要破费了。”

“要的，要的。”Z爽朗地笑起来，“多亏你开导我呢。”

“哪有，”我说，“我只是说了一些废话，公务员是你自己考的呀。”

Z声音明快地对我说：“哎呀，你就不要谦虚了大才女，有空请你吃饭哈，就这么说定了。”然后他愉快地对我说了“再见”挂了电话，我想他应该是忙着告诉别人这个好消息去了。

我所想不通的是，只是考上了一个公务员而已，Z还是原来那个Z啊，为什么他觉得一切都不一样了呢……

Z说话算话，请我吃饭，就在我们学校的食堂，我懒得出门，也不想欠他太大人情，于是要求他请我吃莘园的大盘鸡面。

Z一开始表示要请我去校外“吃点儿好的”，但是拗不过我的坚持，于是我们两个人去了莘园。

我记得很清楚，那天我整个下午都有课，下课的时候正好是吃饭的高峰期，莘园本身就很小，加上靠近男生宿舍，所以人满为患。Z早早去占了座儿，等我到莘园的时候，他已经点好了面，而且还体贴地准备好了勺子和筷子。

那个时候其实我挺感动的，因为之前我跟男朋友出去吃饭，永远都是我拿餐具，永远都是我准备好一切等他，从来没有人这样等过我。

但是当Z向我表示想要跟我在一起的时候，这种感动瞬间就荡然无存了，我说："啥？你再说一遍。"

Z说："我觉得咱俩挺合适的，不如在一起吧？"
"为什么？"我本能地感到困惑，Z究竟是怎样觉得我们两个人合适的？
"因为我们两个人很聊得来啊，"Z说，"每次跟你打电话都能聊好久啊，好像有说不完的话。"
"因为我话多啊。"我说，"我跟大家都挺聊得来的……"

"而且之前我没找好工作也没考上公务员的时候，你都很欣赏我啊，"Z又说，"我追Nana的时候你帮我，后来我相亲的时候你也帮我，你一直在帮我，你如果不是喜欢我的话，为什么要对我这么好？"
"我对大家都挺好的啊，"我说，"我就是这个性格啊……"

"你什么意思？"Z问我。
"我……"我有点儿难以启齿地解释，"就是觉得……我们两个人并不合适吧？而且，我有男朋友啊。"

"你男朋友不是对你不好吗？"Z说，"我关注你人人很久了，我知道他对你一点儿都不好。他不是整天玩游戏不理你吗，而且还跟你抢东西吃，都是你去他们学校找他，他从来不来我们学校找你。"

“可是……”我说，“那……也不代表我就要喜欢你啊。”

Z沉默了一会儿，我有点儿忐忑地等着，不知道他会做出什么样的举动，他忽然把筷子一摔，周围的人莫名其妙地看了我们一眼，又转移开了视线。可能在别人眼中，我们只不过是一对闹了矛盾的小情侣吧。

我继续忐忑地等，Z默默地捡起筷子，继续吃饭，我们都没有说话，Z先吃完了，他把餐具送到收盘处，然后径自走掉。

我松了一口气。

8

如果这事到此为止，那么大概Z就只是我生命中的一个路人甲乙丙，尽管曾经有过这么尴尬的一段擦肩，但是很快就会被忘记。

但是情况并非如此，我拒绝Z之后，他并没有从我的世界里消失，反而更加认真地回复我的每一条状态和每一篇日志。

如果是正常的交流，那么其实也并不太让人讨厌。但是Z总是含沙射影，说话含含糊糊又阴阳怪气。

比如我发一条今天课上又讲了什么理论的状态，Z就会回复：“真是羡慕无知的少女啊，能够相信空洞的理论也是一种幸福。”或者我发一条状态吐槽男朋友，Z就会回复：“反正你们又不会分手。”

事无巨细，只要我发状态，Z必然回复，以至于连Nana这种八百年都不上人人的人，都发现了这个问题。

Nana问我：“那个Z怎么回事？”
我把Z表白的事情如实相告，Nana问我：“我靠，你没骂他？”
“有什么好骂的呢？”我说，“还是算了。”

我把所有的状态都删了，也不发新的状态。

就这样过了两个星期，Z终于按捺不住，又来QQ上找我：“你最近都不上人人了？”
“嗯。”
“你是不是嫌我烦啊？”Z问我。
我不好意思承认，只能说：“不是。”
“哈哈。”Z说，“承认了又能怎么样呢？你其实就是嫌我烦啊。”
“你一定要这样想的话，那就当我是嫌你烦好了。”我说。

“你知道我特别看不起你什么吗？”Z说，“明明你男朋友对你不好，你还装×做好人不跟他分手，明明你觉得我烦，你还装×做好人不跟我直说，你不觉得你自己特别装×吗？”

“嗯，那就当我是装×吧。”我说。

然后我就在一切社交网站上把Z拉黑了。

9

我们做团体心理活动的时候，辅导员曾经让每个人用一句话形容自己的性格。轮到我的时候，我说："能忍，但是绝情。"

很多时候，我是不愿意跟别人撕破脸的，倒不是因为我脾气好，而是我无法应对两个人面红耳赤的场景。从小到大，尽管有时候我写的东西很犀利，也会自己编一些刻薄的段子，但是每一次跟人当面争执，我都会率先满脸通红而且控制不住地哭。

吵架中先哭的人真是气场全无。

所以不把自己和别人逼上绝路，我是不会跟人翻脸的，但这并不意味着我害怕跟人翻脸。Z这种类似于幼儿园小男孩"喜欢谁就欺负谁"的行为让我觉得很烦，神烦，烦透了。

我把Z拉黑似乎让他吃了一惊，同时可能也让他倍感羞辱——竟然是我先拉黑他，而不是他先拉黑我。

Z一个堂堂国家公务员，竟然被一个大学二年级的女生拉进了黑名单，真是是可忍孰不可忍。

他开始毫不避讳地到处说我的坏话，把我描述成一个水性杨花主动勾引他但是又玩弄了他感情的人，纵然他比我高两届，而且我们不是一个学院的，这些话还是几经周折传到了我耳中。

Nana一边骂我"活该，谁让你当初好心"，一边准备找人教训Z。

“还是算了，”我说，“一个男人活成Z那样已经很可悲了。有什么好教训的，随他去吧。”

“别啊，”Nana说，“你这遇到什么事都说算了不行啊，那孙子这么贱，不能就这么算了啊。”

“算了，”我说，“都是我自找的啊，我简直是傻×。”

“不是啊，”Nana说，“当个好人又没有错，完全是因为Z自己犯贱好吗？你看我，我一上来就不跟他客气，他敢说我吗？他知道你脾气好，好欺负，才敢这样胡说八道。”

“所以说还是我的问题啊。”我说，“你没看人家老说吗，长个包子样儿，就别怪狗跟着。我就是包子啊，人渣都喜欢我。”

“别这样，”Nana说，“你这么好，肯定会有很多人喜欢你，但是你看Z，有点儿脑子的人都不可能喜欢他。”

10

如今我大学毕业一年了，距离当时已经三年。“屌丝”这个词，去年开始兴起，并且逐渐燎原，成为网络常用词汇。

每当看到“屌丝”这个词，我脑海中就会浮现出Z和我在莘园吃饭的时候，愤怒地摔掉筷子，然后又自己默默地捡起来的场景。

在我认识的人当中，没有人比Z更符合这个词了。

Nana没有删掉Z的人人好友，用她的话说，就是要看着这朵奇葩慢慢腐烂。

Z的公务员生活似乎并不像他曾经想的那样一帆风顺，他也没有找到女朋友，他偶尔上人人，看起来似乎也追过几个姑娘，但是都失败了。这在我和Nana的预料之中，我对Nana说："屌丝没有爱情。"

Nana纠正我："屌丝不配拥有爱情。"

总有一个人，让你丢盔弃甲

There's Always a Person Makes You Feel You're Nothing

1

老李一直要求我们叫他李小帅，但我一直叫他老李。

老李是我的大学同班同学，第一次开班会的时候我就认定老李是纨绔子弟。这种人一定趾高气扬而又薄情寡义。

直到大三的时候，因为要参加司法考试，我、老李还有Nana报名参加了同一个培训班，在北京闷热的桑拿天中，我们收拾好行装来到了与世隔绝的西三旗。如果没有这样一次经历，大概我一辈子都不可能想到，老李实际上是一个贱萌的人，又贱又萌。

老李身高一米八，体重一百一，下身长，脸小。在西三旗的那段时间里，老李最大的爱好就是把裤腿卷到膝盖上跟我和Nana比腿细，比完之后露出一脸贱兮兮的笑容对我们说：“同志们，你们还要努力啊。”

大概上了一个星期的课之后，有一天晚上，老李招呼我和Nana：“别上自习了，我们出去吃烧烤。”有吃的，我和Nana欣然前往。

老李不动声色地点菜叫酒，我们各自不动声色地吃完第一轮，然后老李不动声色地点了根烟说：“我跟丁小西又分手了。”

不熟悉老李如我，第一反应就是：“丁小西是谁？”但老李的好基友Nana镇定自若地抿了一口啤酒，说：“我就知道！”

汉字博大精深，老李一个“又”字透露出巨大的信息量，我一边琢磨一边点亮八卦的双眼等着他讲故事。

2

丁小西是老李高中时期的同班同学。

我跟Nana都见过丁小西，是非常娇俏的姑娘，个子不高，但是非常瘦，眼睛很大，笑起来有两个酒窝，如果不开口，就是所有男生都无法抵抗的萌系少女，但是一开口，所有关于少女的幻想就都破灭了。

用老李自己的话说：“可能我就是喜欢丁小西那种……泼妇吧……”

本来，高考的时候老李要是正常发挥，至少也是人大的水平，稍微努力一点儿没准儿就能进北大清华，但是为了跟丁小西靠近一点儿，老李生把高考数学卷最后一页留了空白，英语选择题也空出若干，人为地把自己的成绩降到了跟丁小西一个水平，两人双双来到我们学校。

这种只能在少女小说中看到的桥段竟然真实地发生在我的身边，这个故事让我的三观受到了极大的冲击，我觉得把连续三年稳坐年级倒数第一的老李跟人大甚至北大联系在一起是一件无比困难的事情。

但老李在喝了几杯酒之后引经据典的谈吐深深地震慑了我，我一直自认博览群书，即便如此，也无法像老李那样信手拈来得如此随意而又让人心悦诚服。

老李和丁小西虽然大学同校，但是在不同的学院，来到大学之后的第二个月，丁小西就跟老李分手跟别人好了。

老李提起这段往事，把手中的酒杯狠狠往桌上一放，说："你们知道她为什么跟我分手？她说我没有钱。"

3

我们班有三十一个人，如果按照家庭经济条件排名的话，老李绝对能进前三，而且老李在同学之间向来大方，经常呼朋引伴请大家吃饭，根本不存在吝啬的问题，所以当老李说丁小西跟他分手是因为他没钱的时候，我跟Nana都惊呆了。

Nana说："这不科学啊，你不是土豪吗？"

老李说丁小西的理由很简单，来到北京上大学之后老李都没带她出去吃喝玩乐。

说到这里，老李深深地吸了一口气，用一种略带委屈的口气对我们说："她说我别的还好，她竟然嫌我没钱。说句难听的话，老子银行卡里面的余额就没有下过六位数，但是她说我没钱跟我分手了。"

这段分手经历解释了为什么老李在整个大一期间都没有去上课，每天宅在宿舍里面玩游戏。我不知道为什么老李不直截了当地带丁小西去自动取款机上取个万儿八千的让丁小西感受一下他的土豪，但是似乎又有一点儿理解老李的不愿解释。

大二的时候丁小西跟老李和好了，这本来也没有什么，情侣总分分合合。老李为了表示诚意，送了丁小西一个羊脂玉的白马，期待两个人能越爱越深。

复合之后的老李大概是把攒了整整一年的力气都用在了谈恋爱上，每天早晨起来必须徒步去五道口给丁小西买早餐，周一到周日绝对不重样，白天如果丁小西有课就陪丁小西去上课，如果丁小西没有课就陪丁小西去逛街，总之就是一切为了丁小西。

这段经历又合理地解释了为什么整个大二期间老李即使不怎么玩游戏了也处于一种很少在系里露面的状态。

直到大三下学期，老李终于出现在课堂上，因为丁小西出国了。

4

丁小西在得到学院的出国交流名额之前一直对老李绝口不提，当老李终于得知事情真相的时候，丁小西的行李都差不多收拾好了，不日就要飞赴大洋彼岸。

纵然如此，老李还是对这段感情很有信心，因为在他看来，丁小西不过是去游学，只有半年时间，半年之后她还是会回来的，此前他们经历过长达一年零两个月的分手，最后还不是在一起了，所以半年的挑战简直就是小菜一碟。

当时的老李还相信心灵鸡汤，觉得如果喜欢一个人，就要放她走，如果她真的属于你，那就一定还会回来。

时至今日，老李说起当时的内心活动，一边痛饮啤酒一边仰天长叹："什么鸡汤，都他妈瞎扯啊，靠。"

丁小西走的那天老李去机场送她，丁小西一个小小的人拖着大大的箱子跟老李告别，走得愉悦而又欢快，徒留老李的影子在机场光可鉴人的地面上，成双。

我至今没有经历过异国恋，但是我忽然想起，大三下学期为数不多的几次见到老李的时候，他总挂着两个巨大的黑眼圈，配上他高且干瘦的身材，像是一个瘾君子。

实际上他跟瘾君子也没什么实质性的区别，对啥上瘾都是瘾，凡是上瘾都有害，这真是人间至理。

丁小西为期半年的游学交流即将在一周后结束，就在这个时候，丁小西对老李提出了分手。

万里长征走到头了，才忽然发现会宁并不存在着等待会师的其他军队，老李一个人站在终点。停杯投箸不能食，拔剑四顾心茫然。

5

隔了一天，老李又招呼大家去吃烧烤，尽管考试在即，其他同学都在教室里争分夺秒地上自习，能捞一分是一分，但我跟Nana到底挡不住烤肉和啤酒的诱惑，老李一声招呼，我们欣然前往。

酒过一旬，老李再次点了根烟，开始讲他跟丁小西的故事，从高二到如今的大四，可以回忆的东西实在太多了。

老李说，丁小西在美帝那段时间，生活不习惯，一喝美帝的牛奶就长痘，怀念祖国的牛奶，又怀念祖国的泡面，总之，只要是made in China[①]的东西她都怀念。

老李每隔一个星期就满北京城寻找真空包装的吃的然后给她寄过去，隔着那么远的距离，尽他所能地为丁小西安排好一切，好让远在美帝的丁小西感到不那么孤单。

但是临了还是这个结局，老李说他刚刚得知丁小西把他送的那匹

① 中国制造。

羊脂玉白马转手送给了刚认识一天的黑人妹子。

老李深深地抽了一口烟，说："你们知道那匹马多少钱？"我和Nana纷纷表示不知道。

老李说："五万。"

Nana说："靠，你丫傻×。"而我在震惊之余保留了一丝理智，问他："你为什么不告诉丁小西这匹马值多少钱？"

老李说："我就是不想让她因为这个东西贵而把它留在身边，那样太没意思了。"

我其实挺理解老李这种心情的，但是这个时候Nana再一次毫不留情地戳穿了老李："该！让你丫装×！"老李没有反驳Nana，他默默地喝酒，默默地抽烟，时不时地给我们讲他和丁小西的零散故事，最后问我们："为什么？"

"丁小西肯定会后悔的啊，"我说，"她以后不会遇到像你这样对她好的人了。"

老李从我对面抬起头，对我说："你说我还会不会遇到能让我这样掏心掏肺的姑娘？"

"值得的姑娘一大把。"Nana说，"但是架不住你眼瞎啊，就丁小西那种女的，你去三里屯，一抓一大把，你偏要吊死在她这一棵树上，你还怪她不专一？"

老李没回答Nana，他只是似笑非笑地看着我们两个人，那一天老李喝得有点儿晕，但他是个酒量很大的人，所以并没有喝醉。当我们从大排档回培训基地的时候，老李一直絮絮叨叨：“哥当年也是风流倜傥万花丛中过片叶不沾身的人，怎么现在栽得这么惨？真是报应啊！”

6

老李年轻的时候的确是个浪子，尽管他现在也不算老，但五六年前，老李确实要比现在年轻许多，那个时候的老李在学校中是叱咤风云的人物。

成绩年级前三，出身土豪家庭，虽然不是篮球队长，但是上场投个三分也是轻轻松松的事情，而且还会唱歌。谁受得了一个一米八的男生一身衬衣站在聚光灯下深情款款的样子啊，这简直就是从少女小说或者电视剧中直接截出来的片段。

给老李写情书的少女很多，老李曾经的女朋友也很多，据他自己说，换女朋友最勤快的时候，一个月换了六个，平均跟每个女生相处的时间不到一个星期。老李与那些和他一样年轻的姑娘萍水相逢然后擦肩而过，姑娘们有的心平气和，有的歇斯底里，但是老李在这种事情上向来气定神闲，在遇到丁小西之前，他从未被感情困扰过。

但是这个不公平的世界到底还是存在着某种微妙的平衡，所以老李才会遇到丁小西。

从老李的叙述来看，丁小西并没有什么好，但是他执着地爱着丁小西，过去和未来所有的姑娘跟丁小西比起来，都是浮云，世间再也没有第二个丁小西。

老李说，是丁小西磨砺了他的脾气，也是丁小西教会了他如何取悦一个姑娘，丁小西把他从一个玩世不恭的花花公子，变成了现在这样一个深情专一的人。

老李的妈妈并不喜欢丁小西，因为觉得这个妹子长着一张精明又刻薄的脸，一看就不厚道，担心自己儿子将来吃亏。老李年少轻狂血气方刚，不愿意相信李妈妈那套相面的理论，母子俩有段时间天天吵架，直到老李上了大学。

李妈妈再也没有机会每天跟儿子斗嘴，老李大一寒假刚回家，李妈妈就跟儿子说："要不，你愿意跟丁小西处就处吧。"

"你们知道吗？"老李对我和Nana说，"丁小西教会了我一切，我跟她在一起那么久，我妈一直不肯松口，等她好不容易松口了，我跟丁小西分手了。"

7

我们三个人在西三旗待了一个月，那一个月名为学习，实际上，我、老李和Nana都各自经历着各种变故。那时候我跟白君处于最后一次分手的边缘，Nana发现她男朋友还有另一个女朋友。我们三个人几乎每隔两三天就会逃掉晚自习出去吃烧烤喝啤酒，老李对我们讲他的故事，我们三个人互相嘲讽。

吃完东西我跟Nana回到我们两个人的宿舍，躲进卫生间里蹲在地上关起门来分析我们两个人的问题。有的时候我们相对叹气，有的时候我们相对哭泣，还有的时候我们不说话。

其实我们心知肚明，老李之所以不反驳Nana的嘲讽，是因为他也知道Nana的问题，老李请我们吃肉喝酒，并不仅仅是为了向我们讲述他自己失恋的故事而已。

我清楚地记得，有一天老李送我和Nana回宿舍的时候说："看你们这样，我就想到以前被我伤过的那些姑娘，想去把你们的男朋友打一顿，就像我想回到过去把自己打一顿一样。"

"你那是自作孽，"Nana说，"所以有个丁小西来治你，就算没有丁小西，你也肯定会栽在别人手里。我们俩现在这么苦，就当是为以后攒人品，肯定会遇到更好的人。我们往高处走，你这是往低处流。你不用同情我们，应该是我们同情你。"

一个月很快过去，在这一个月里，我跟白君分手了，Nana也跟男朋友分手了，老李最终讲完了他和丁小西的全部故事。

比起讲义上那些法律条文和原则，比起那些莫名的案例分析，我在西三旗学到更多的，是每个人都无法回避的感情遗憾。

8

大四上学期的校十大歌手赛，老李第四次报名参加，第四次进入决赛，前三次他都无缘前三，这次是最后的机会。

舞台上的老李衣冠楚楚，背后的幻灯片明明灭灭，都是他上大学以来的生活照片。第一部分唱完，到中间副歌的部分，他背后的幻灯片忽然出现这样一行字：“我有一个女朋友，她的名字叫丁小西。”

台下的女生忽然一起尖叫起来，大家纷纷左顾右盼，等待女主角亮相。

老李的表情没有任何变化，他背后的幻灯片继续变化：“我们两个人2008年来到这所学校，今年已经是第四年了……”

我和Nana偷偷地穿过人群去找丁小西所在的学院，试图找到丁小西。最后Nana率先找到，她扯着我的袖子，我顺着她的目光看过去，丁小西不动声色地坐在那里，另一个男生的手放在她的肩膀上。礼堂里灯光明灭，我看不到那个男生的脸色，但是很快，在礼堂中女生们一浪胜过一浪的尖叫声中，丁小西站了起来，我以为她要走向舞台，但她只是提前退场，她身边的男生也站起来，跟在丁小西身后走了。

聚光灯下的老李显然看不到这一切。台上灯光太刺眼，观众席对于他来说只是一片黑暗。

老李最终拿到了那一年十歌赛的第三名，评委点评的时候甚至专门为了他扭头向观众席询问：“丁小西你在不在？”全场的女生一起帮忙喊：“丁小西！丁小西！”

无人回答。场面一时有些尴尬。老李机智地打了圆场，说：“小西最近在忙实习，可能没能赶回来。”

“帝都的交通，你懂的。”老李笑着说。

于是大家都笑了。礼堂又变成了欢乐的海洋。

9

我其实访问过一次丁小西的个人主页，她的现任男朋友是她的一个学长，相貌平平，看起来一切都很平凡。

丁小西和所有鲜活的姑娘一样，喜欢萌萌的小猫小狗，看到好吃的也会忍不住流口水，喜欢明星喜欢漂亮衣服，偶尔爆一两句粗口。她和正常的女生没有区别，跟男朋友有着小甜蜜小恩爱，也会有小矛盾小争吵，两个人就这么打着闹着但是还恩爱着。我甚至还看到她为男朋友系上围裙洗手做羹汤，这跟我印象中那个曾经在课间竖起眉毛指着老李的鼻子骂“你他妈的脑子被驴啃了吧，怎么这么傻×”的姑娘判若两人。

就是这样一个姑娘，如果不是因为认识老李，光看她的主页，我完全不知道她竟然能够那样狠心决绝地甩掉一个那么爱自己的男生。

按照正常的逻辑，任何姑娘碰到老李那样的男生，都会觉得很幸福吧，怎么会有人愿意放弃这种唾手可得的幸福？

我跟Nana猜想过老李是不是曾经伤害过丁小西的什么亲人或者好友，所以丁小西才会选择用这种方式来报复他。尽管我们都觉得这种桥段太小说太戏剧，但是老李跟丁小西的这段爱情本来就充满了戏剧色彩，如果丁小西真是出于这种目的甩掉老李我一点儿都不觉得奇怪。

但是生活始终是要比艺术高一些的。我们始终没有猜透丁小西。

丁小西大一的时候跟老李分手，跟那个男生在一起，后来跟那个男生分手，又回到老李身边，最终又跟老李分手回到那个男生身边。

这种行为在我们每一个旁观者看来简直罪大恶极，精神分裂到了极点，但是老李和她的男朋友就是愿意原谅她，就是愿意容忍她。

也许在我们看来，丁小西应该跟老李在一起，但是可能在她现在男朋友的基友们眼中，丁小西跟那个人才应该是故事的主角，他们两个人的结局，才应该是幸福和快乐。

世人心中皆有一个摄像机，角度不一样，剧情就不一样。

10

2013年春节，我们大学毕业半年，老李在QQ上说他订婚了。对方是比我们小一届的一个学妹，那一年看到了老李的十歌赛表演，发信息祝福老李和丁小西，老李解释其实丁小西并不喜欢自己。

就这样一来二去，老李和学妹成了男女朋友。

学妹长得跟丁小西完全相反，丁小西瘦小，学妹高大；丁小西瓜子脸，学妹是圆脸；丁小西眼睛大，学妹则戴眼镜；丁小西泼辣刻薄，学妹乖巧可人。

从老李的未婚妻身上，看不到任何丁小西的影子。我不知道他是彻底放下了丁小西，不想再见到与她相关的一切，还是彻底放不下，不能再见到与她相关的一切。

班级群里面的同学纷纷表示对土豪老李的羡慕，“存折在手，学妹我有”。为数不多知道老李和丁小西故事的人，比如我、Nana，还有曾经目睹老李为了丁小西沉迷于游戏和彻夜不眠的室友们，夹在不明真相的群众中煽风点火，开着老李和学妹的玩笑，绝口不提丁小西。

老李把学妹夸得天上地下一枝花，又乖巧又懂事，温柔体贴心疼人。沉寂已久的班级群难得地热闹着，直到Nana半开玩笑半认真地问了一句：“老李，你在这儿跟我们强调你妹子有多好，到底是想说明什么呢？”

“应该是感叹，作为一个纨绔子弟，不仅没有孤独一生，还找到一个贤妻良母，真是前世全部用来攒人品才换来了今生的幸福生活。”我迅速地接着Nana的话说下去，成功地把话题岔开。

大家开始纷纷感叹自己人品和节操余额不足，老李没有回答Nana，也没有反驳我，只是悄悄地建了个讨论组。但是老李没有说话，我们也没有说话，过了好久，老李才敲出一句话：“她不是丁小西。”

我不知道Nana那边是什么情况，因为她一直没有回复，我在键盘上敲下：“我们都知道。”

然后想了一会儿，终于又逐字删掉。

红尘多可笑，痴情最无聊

It’s Ridiculous to Devote to Love

1

开学后的第二个月，我因为病毒性呼吸道感染去长海医院输液。那天护士妹子给我扎完针，我掏出手机准备应付接下来百无聊赖的两个小时，忽然看到QQ上左边姑娘发来的消息。

左边姑娘对我说，她已经从赵先生的阴影中走了出来，我在QQ上给她发过去一个大拇指的表情。

左边姑娘说：“刚刚赵先生给我打了电话，我发现我已经不害怕听到他的声音了。”

“Good，”我说，“我发现射手座有一个很强的天赋，就是情伤愈合很快。”

“是的，”左边姑娘说，“好了伤疤忘了疼，红尘多可笑，痴情最无聊。”

最后两句话虽然是左边姑娘信口引用的一句歌词，但是我发现的确是这样，至少我认识的射手座们都是这样。

最典型的人就是王爷。王爷姓王，又霸气侧漏，所以我们都叫他王爷。

王爷是所有中学男同学中唯一跟我保持着联系的人，即使如今他已经远渡重洋，投入了资本主义的怀抱。

我跟王爷算是比较好的基友，但是在大四之前，我跟他都只能算是点头之交，就像我跟老李也不熟悉一样，我对于这样的人总有一种先入为主的要离他们远一点儿的偏见。但是后来我跟老李成了好朋友，跟王爷不仅成了好朋友，而且王爷几乎成了我的人生导师。他对我说过的许多话都对我产生了很深的影响。

我在家里复习考研究生的那段时间，王爷即使在米国[①]，也会每个星期给我发几句话，问问我复习得怎么样了，安抚一下我的情绪，告诉我即使不为学弟，为了自己也要坚持。我面试的时候是下午，美帝那边是凌晨，王爷一直熬到我面试结束出来给他发了信息才睡觉。

2

大三的时候，有一天，我发了条状态：“我手机又欠费了，网银

---

① 即美国。

没钱，有没有人顺手帮我充一发，当面还现金。”

这条状态发出去不到一分钟，我收到了10010的充值短信，与此同时，王爷干净利落地回复我：“已充。”

由于王爷的学校跟我们学校仅隔一条城铁，坐公交只有一站地，第二天我来到王爷的学校还钱给他，王爷略尽地主之谊，带我游览了一下全国最好的工科学校的校园，就这样，我跟王爷的熟悉程度算是从百分之十变成了百分之二十。

后来王爷提起这件事，说他人生中还从没碰到过哪个女生为了还五十块钱而专门找他一趟，但是我去他们学校还了钱、跟他游览了一下学校之后就又杳无音信，好像从来没有去找过他一样，这让他有点儿不知如何是好。而我是因为懒得出宿舍，也不知道跟他有什么可以交流。于是我们两个人的关系就一直停在百分之三十的状态。

大四的时候，我们共同的母校出了一件事情。

小城市的舆论圈总是比较可怕，一件小事都能闹得沸沸扬扬，更何况那次我们高中确实摊上了大事，网络又把水搅得更浑。

王爷当时写了一篇文章，虽然没有表明立场支持母校，但是逻辑清晰地指出了舆论若干自相矛盾的地方。身为理工男的王爷文笔并不动人，也不擅长使用铿锵有力的语句，但是全篇没有一个字的废话，严谨到“令人发指”。

如果说之前我只是觉得王爷是一只理工科大学霸[①]，那么，看完这篇文章的我对王爷惊为天人，终于找到了可以聊天的话题，原来学霸王爷对于人文科学也并不陌生。

我跟王爷变成基友的过程，就像《桃花源记》里面写的那样：“初极狭，才通人。复行数十步，豁然开朗。”

王爷虽然私底下会跟我说一些很尖锐的话，但是在公共场合会表现得友好而又得体，有时候我发表一些很刻薄的言论，王爷都会来劝我：“何必呢？”

王爷最常说的一句话就是“何必呢”。

3

王爷大四的时候参加了一个酷炫狂霸的学术交流活动，认识了一个来自南方某知名大学的姑娘。

王爷说姑娘长得很美，又是著名大学著名专业的第一名，性格好气质佳，种种光环让姑娘成了整个活动中当之无愧的女神。

王爷把姑娘的照片发给我看，对我说他坠入了爱河不能自救。我提醒王爷：“你上个月还说你喜欢英语系妹子。”

---

① 本意为“学界的恶棍”，现多用来指学习刻苦、成绩突出的人。根据语境，有时含调侃之意。

英语系妹子是王爷上自习的时候认识的，王爷说看到妹子跟他用一样的电脑屏保，就去跟妹子聊了几句，发现很聊得来，两个人三观一拍即合，妹子又恰好是他喜欢的类型，就萌生了爱意。但是妹子是个有男朋友的人，所以王爷只能默默地在心里喜欢妹子，并时不时地找我吐槽："啊，好妹子为什么都已经名花有主了呢？"

"因为大四了啊。"我说，"又不是只有你一个人慧眼，贵校女生本来就不多，好妹子当然早就被人抢了，你以为都单着就等你去发现呢。"

王爷挣扎了一个月，终于决定向英语系妹子表白，但是妹子把他拒绝了。王爷告诉我这件事的时候，我问他："你什么想法？"

"没什么想法。"王爷说，"意料之中，不过，感觉自己了了一桩心事，以后做事情能够更专注一些了。"

我知道之前王爷为妹子做了许多事情，有一次妹子系里面要做一个什么活动找到他，而他没有办法来求助于我。对于这些，王爷只字不提。

"记得的她会记得，"王爷说，"如果她不记得，我又偏偏去强调，何必呢？"

当我提醒王爷上个月他还喜欢着英语系妹子的时候，他说："她又不喜欢我，我还对她念念不忘，何必呢？"

4

女神姑娘跟王爷关系很好，这是王爷告诉我的。与此同时，王爷告诉我，追求女神姑娘的人也很多。尽管以前我总觉得王爷他们所在的学校里只有学霸，但是实际上，土豪也不在少数，他们那个交流会开到第四天的时候，有人从家里开来了宝马，说要带女神姑娘出去逛大北京。

女神姑娘委婉地表示："单独外出不太合适吧？"

土豪大手一挥："大家都去啊，走起来！"

土豪给大家开了个头，于是学术之余，大家都开始在短暂的帝都之行中找乐子。王爷虽然不是北京人，但是好歹在帝都待了四年，也了解这座城市的一些皮毛，而且他既是理工科的大牛[①]，同时又具备人文情怀，在同行的一群人中自然出类拔萃一些，也更得女神青眼。

在交流会进行的那段时间里，王爷总是向我报喜，比如他带女神去看了某一场话剧，带女神去了不知名的小店，带女神吃了哪里著名的小吃，给女神送了哪本文艺的书，为女神写了哪首文艺的诗。

我有的时候会调侃王爷："啧啧啧，你这样绞尽脑汁，万一女神不喜欢你怎么办？"

---

① 网络用语，与"牛人"同义，是对某一方面有突出才能的人的尊称，根据语境，有时含调侃之意。

王爷反驳我："不会啊，我觉得我们之间挺有默契的，有的眼神只有心有灵犀的人才能看懂。"

"太假了。"我说，"你别把话说这么满，步子太大，就扯蛋了。"

"你这个……说话有点儿毒啊。"王爷说，"好歹表示一下祝福啊。"

王爷并不知道我曾经遇到过Z这样的一个人，所以也不知道当初那件事情对我产生了多么大的影响，正如Nana说的那样，你有的时候只是为了顾全大家的面子，想要照顾别人的感受，但是在别人看来，你就是虚伪矫情和装×。

"我不能祝福。"我对王爷说，"我又不知道这件事情的结果，盲目祝福，万一最后你折翼了，我就尴尬了。"

"……"王爷发来一串省略号，"我又不是心里没数的人，你非要这么严肃地对待一个随口就能说的祝福，何必呢？"

5

交流会结束前一天，王爷对女神表白了。在王爷看来，一切水到渠成，毕竟，女神接受了他那么多次邀请和那么多次暗示，他们两个人之间，应该只差一句告白。

王爷告白之前告诉我："我要去告白了！"

“你加油啊！”我对王爷说。

两个小时后，王爷的QQ头像闪动起来，他说：“我回来了。”

“成了吗？”我问王爷。

其实当时我应该反应过来，王爷只是淡淡地说了一句“我回来了”，就已经暗示着此行并不顺利。但是我脑子没那么快，可能是被毕业论文折磨的。

王爷那边稍微沉默了一会儿，然后打过来一行字：“我就不懂了。”王爷说女神并没有答应他，也没有拒绝他，只是说两个人认识的时间还不长，这样的进展太快了，需要再了解一下。

“嗯，其实女神说的也没有错啊。”我说，“你们这个学术交流会才开一个月不到，你们两个人正儿八经相处的时间也不长，你就慢慢来呗。”

“不是的，”王爷说，“你有一个误区，人对人产生感情，应该是一瞬间的事情。爱情是一种激情，激情是不需要慢慢来的。如果喜欢一个人的话，恨不得今天就恋爱结婚白头到老，把一辈子的事情都做完，根本不需要慢慢来，因为害怕来不及。”

“那你觉得女神不喜欢你吗？”我问。

“应该不是，”王爷说，“我觉得我们两个人之间是有激情的。可能她只是顾虑到她要回去了，我们之间的距离太远。”

“嗯，也对。”我说。

“也对个屁！”王爷说，“你现在人在C城，要见男朋友太方便了。想在一起还不是就过去了，这不就是在一起了吗？”

“但这是有代价的啊。”我说，“我跟学弟之间，因为他没有办法迁就我，所以我只能迁就他。你跟女神之间不存在我跟学弟这样的情况，你觉得是你迁就她，还是她迁就你？”

6

王爷并没有放弃对女神的追求，女神也没有拒绝王爷的殷勤。即使两个人天南地北分隔两地，王爷也会在毕业季的百忙之中抽空去南方，带着女神出去旅游。

我开始劝王爷：“你这样不行啊，女神看起来真的没有要答应你的意思啊。”王爷并不相信，我说了几次就不想再说了，这种事情都是当局者迷，我再说下去，恐怕王爷会以为我暗搓搓[1]地看不得他和女神幸福地生活在一起。

何必呢？

我忽然明白了王爷经常说的“何必呢”到底含有怎样的情绪。

直到有一天，王爷对我说：“怎么办，老胡，我觉得我要失

① 暗地里，宁波地区方言。

去耐心了。”

“你还是尽早收手吧，”我说，“你自己说过的，这种事情，何必呢？”

“但是她并没有拒绝我啊。”王爷说。

“但是你自己说过的，”我再一次提醒王爷，“拖延就是最严厉的拒绝。你觉得她拖了这么久，还需要对你明说吗？”

王爷又给我发来一串省略号，他说：“你不能这样，你要正能量一些。”

“你就不要自己骗自己了。”我对王爷说，“听过林徽因的故事么？她丈夫是贵校建筑系创始人啊。”

“……”王爷说，“你的意思我是徐志摩？”

“不要把自己想得太完美啊。”我对王爷说，“说不定你只是个金岳霖呢。”王爷给我发来一个痛苦的表情。

“哈哈，”我说，“大四学姐都是负能量女王，你就不该找我说这事。”

7

女神终于拒绝了王爷，大概是因为王爷终于成功地把两个人逼到了墙角。

这件事我早有预料，所以并不吃惊。毕竟在大学这种让人迅速成长的地方，如果到了大四还没有点儿分辨是非的能力，那大学基本算是白混了。

王爷那段时间挺伤心，他为女神付出太多，比对英语系妹子多得多，也比对之前的任何一个妹子都多，当然之前那些我没有目睹的无从判断，但是真的比对英语系妹子多很多。

多到足以让每一个雌性动物对女神能够享有那样的待遇产生羡慕，至少是羡慕，甚至有可能变成嫉妒。

纵然如此，王爷也绝口不提女神的不对。他自己的理论放在那里："无非是追女生失败了，要么就是自己的问题，要么是女生的问题，要么双方都有问题。如果真的是女生的问题，那还是自己看人的眼光有问题，归根到底，这三种情况下，自己都有问题，既然自己有问题，还指责别人，何必呢？"

王爷的这种高尚情操让我觉得很感动，他是为数不多的在任何情况下都能够保持相当高水准的绅士风度的人。

当我还沉浸在对王爷这种情操的感动和唏嘘不已之中的时候，王爷自己开始吐槽了，让他失去理智的是女神的一条信息。

王爷一字不漏原封不动地把女神的信息转发给我看，女神行文流畅，尽管逻辑不太清晰，但是基本上可以提炼出三个意思：首先，感激王爷垂青；其次，真的无法跟王爷在一起；最后，希望两个人还可以做朋友。

我问王爷："你看懂没？"

王爷说："当然懂。"

"嗯……"我说，"这个嘛，买卖不成仁义在，你自己看着办。"

"这样不好，"王爷说，"我不喜欢当备胎。"

但是女神似乎并没有放过王爷，一如既往地找王爷聊天，跟王爷讨论有空了去哪里玩，过生日了找王爷要生日礼物。总之，女神在斩钉截铁地拒绝王爷之后，并没有觉得两个人之前的相处模式需要改变。

我觉得王爷之所以会找我说他跟女神的事情，并不是因为觉得我有多么擅长解决情感问题，他跟许多涉世未深的妹子不同，他自己就是一个能够解决各类情感问题的人。而且我们关系这么熟，他知道我自己的感情问题都没有处理好，找我求解决方案简直就是缘木求鱼。但是他朋友圈里面的大多数人都认识女神，王爷担心影响女神的声誉，我的学校虽然离他们很近，但是我完全不是他们那个圈子的人。

纵然王爷对我说的那些事情让我充满了吐槽的欲望，并且对女神的行为感到十分不齿，但是从始至终，王爷只叙事，不发表任何意见。

王爷只是说："我是男人，有些事情，我心里清楚就好了。既然清楚，以后再遇到的时候处理好就行了。一定要说出来图一时痛快，何必呢？"

"你这样压抑下去……"我说，"会出事吗？"

"不会。"王爷说，"为了感情闹出大事，于人于己都没有好处，何必呢？"

8

女神彻底拒绝王爷后的两个月，王爷有了新的女朋友，是他的本校同学，同年级但是不同专业。

我继续提醒王爷："你之前还对女神一往情深，这么快就有了女朋友，女神会怎么看你？"

"她怎么看我其实跟我一点儿关系都没有啊。"王爷说，"我已经不喜欢她了啊。"

"果然是花心的射手男啊。"我吐槽王爷。

"不是，"王爷解释，"我之前只跟你说过，爱情是一种激情，是一瞬间的事情，但是我没有跟你说，这种情绪虽然转瞬即逝，但是可以通过相处来留住彼此之间的感情。情绪是片刻的，但是人跟人之间的感情是经得起时间的考验的。"

“嗯……然后呢？”我问王爷。

“女神拒绝了我，其实就是拒绝了此后我们继续相处的可能，同时也拒绝了维系我们之间感情的可能，既然早晚是要断掉的，那么迟断不如早断。人是不应该被注定没有结果的事情牵绊住的。所以我觉得放弃女神并不困难，就算我再舍不得前期投入的感情、精力和金钱，也要及时止损啊。既然碰到了合适的妹子，又何必再留恋过去的人。”

“真是功利主义的少年啊。”我对王爷说。

“你知道什么是功利主义吗？”王爷反问我，“现在就说，不准百度。”

“就是说你很功利啊。”我苍白地狡辩。

“你一个法学专业的毕业生竟然不能用自己的话来解释功利主义，”王爷说，“真是令人无法吐槽。有些事情，其实用通俗的语言就能够解释，不要弄得那么神秘，你看，如果碰到别人跟你深入地讨论功利主义，你怎么办呢？何必呢？”

王爷很少这样不留情面地戳穿我，实际上，我觉得我跟他之间确实是有层次差异的，他工科出身，但是看过许多我这个文科生都没有看过的著作，更不要说电影和话剧什么的。但是王爷过去从来没有用他的学识嘲讽过我，即使在我表现出对某些概念一知半解的时候，王爷都是脾气很好地解释给我听。

从来没有像对待“功利主义”那样较真过。

“其实人还是多掌握点儿知识多做点儿学术比较好。”王爷对我说，“情啊爱啊这些东西都是浮云，你身边的人来来去去，但是你学到的东西不会来来去去。有些东西是容易变的，有些东西是不会变的。”

9

在了解并且围观王爷的感情经历之前，我从来没有考虑过短情和长情的问题。更多的时候，姑娘们喜欢长情的人，我也不例外。

但是短情有的时候也并不是一件坏事，因为可能有一些感情本身，就是不应该被记住的。

就在王爷和他女朋友双双出国的前夕，女神还联系过王爷，要求一起吃个散伙饭，被王爷婉拒之后，女神还表示出了对王爷“有了新欢就忘记旧爱”的不满。

王爷跟我说起这件事，他说：“我知道我在她心里就只是个备胎，但是可能她并不知道我知道我在她心里只是个备胎。她在我心里已经不是女神了，但是可能她并不知道她在我心里已经不是女神了。你感受一下。”

“你不要把感情这种事情变成博弈嘛。”我说。

“但是就算你不愿意承认，很多时候感情这种事情就是有很大一部分的博弈成分。”王爷说，“有时候你的痴情在别人看来不过是一个笑话，所以人最好不要痴情。而且痴情的人到最后只能感动自己，没有用啊。”

“……”我给王爷回复了一段省略号。

“所以要绝情啊。”王爷说，“只有断绝了那些不值得的东西，才能给更值得的东西腾出地方。”

你都如何回忆我

What do I look like in your memory?

1

今年8月，我从H城回家后不久，在微博上和小五久别重逢，她是我的初中同学，但初中毕业之后我们就失去了联系。

算到今年，正好八年，我和她失去联系的时间，与我和左边姑娘认识的时间一样长，所以说社交网络真是一个无所不能的地方。

我迫不及待地向小五展示自己在这八年里学会的机智和幽默，好改变自己在她心中的形象——初中时期那个不可一世的艾斯比。但是小五的一句话把我打回了原形，当我们在QQ上聊天到第五个回合的时候，她发过来一句话：“你还是一点儿都没变。”

看到这句话的我恨不得把手从电脑屏幕的那一头穿过去，像马教主[①]那样抓住她的肩膀拼命摇晃：“这不可能！告诉我为什么！

① 即马景涛，他因在电视剧中表情夸张而被网友戏称为咆哮教主。

我不想听！”

但我还是故作镇定，只发了三个字“为什么”，并且加了一串“……”用以表达自己的漫不经心和气定神闲。

小五回复我：“还是一样地喜欢说‘傻×’。”

这个理由真是简单粗暴而又令我哭笑不得，我没有想到小五用来判断我变没变的依据竟然是一句口头禅，与此同时，我忽然发现，我们其实都不知道别人用来定义我们的标准是什么。

2

很多人提到我的时候说我是个“学霸”，但是他们不知道，“学霸”也有过害怕上学的时候，比如说幼儿园。

幼儿园时期对于我来说真是一段痛苦不堪的回忆，那个时候因为考试成绩并不重要，所以大家划分圈子的标准无非就是好看和不好看——对的，从幼儿园开始就有圈子这种东西存在。

就连我的一个幼儿教师朋友都曾经向我吐槽：“真不知道这些小孩子的家长给老师送礼有什么用，老师就是喜欢长得可爱的小孩子啊，大家都喜欢可爱的小孩子。”

我的幼儿园之所以悲惨，就在于当时的我被分在了“不好看”的那个圈子。我曾经在很长一段时间里都没有意识到别人不喜欢我，小孩子总是健忘的，有的时候被打一下掐一下也没有什么关系，自己又不是不会打回来掐回来。

都是一时意气，直到有一天我被一群小姑娘堵在厕所里。准确地说是我去上厕所，被一个叫张×的女孩领着一群人赶了出来，她们堵在厕所门口，就是不让我进去，理由是我没有扎辫子，根本不是女孩子。

后来上课的时候，我被尿憋急了，但是又不敢尿裤子，想来想去我只有回家，老师看到我背着书包站起来的时候先是愣了一下，然后迅速地冲过来抓住我。

我解释说我要上厕所，老师责问我："刚刚下课那么长时间，你为什么不去？"我说："我去了，但是张×她们不让我上厕所。"老师转过头问张×："是你吗？"

如我所料，没有人承认。

她们纷纷说："是她瞎说，刚刚下课的时候她明明在玩，根本没有去厕所。"

不仅仅那几个女孩子，其他的女孩子和男孩子都这样说，甚至还有模有样地帮她们做证。

这是我第一次感受到小孩子的恶意，后来我比他们早上一年学，以至于很多欺负我的人都变成了我的学弟学妹。直到今天我都记得那个张×和她的样子。

但她一定不记得我了。

3

从小学到初中，我因为学习成绩还不错，一直受到优待，优待到我逐渐忘记自己曾经是一个被排斥的人。

直到中考结束之后。

当时是我们初中第一年做网页，新闻还很少，而那一年我又在高中的提前招生中考了全市第一名，被本地报纸采访了，理所当然地被放在了母校网站的新闻中。

但是那条新闻刚放上去没多久，就有了一条很长的匿名的评论。大意是说："我跟她是同班同学，其实这个人并没有这篇采访中写的这么好，这是一个很狂的人，平时总是喜欢仗势欺人，看谁不顺眼就写文章攻击谁……"

我看到这个评论的时候，努力地回忆了很久，印象中我跟所有人的关系都还不错，我不知道是谁对我有这么大的怨念。

那时候我确实自恃聪明，活得不可一世，总是跟老师对着干，而且因为学习成绩不错，傻×兮兮的自我感觉良好，总是以不拘小节自居。但是我并不记得自己仗势欺负过哪个同学。唯一一次出格的行为就是看了一个同学的周记，然后写了一篇很长的文章去反驳她——这件事情真是我人生中无法抹去的污点，艾斯比指数直逼前十。

但是那条评论就那样出现了，在之后的这么多年里，我一直不知道是谁写了那条评论。

8月底的时候，我去小五家住了一夜，我把这件事讲给小五听，她问我："你知道是谁写的吗？"

"不知道。"我说。

小五叹了口气，说："其实你不知道，你还算好的了，最起码你学习成绩好啊，谁敢把你怎么样。但是像我们这些既学习成绩不好，又长得不好的人，就很惨啊。当时我们班的男生，那个钱××带头的，对长得漂亮的女生都特别优待，对长得不好看的女生就各种捉弄，你没注意过吧？"

听她这样一说，我才隐隐约约想起来，当时的班级里面确实存在着那样几个拥有特权的姑娘，也存在着总是被嘲讽的姑娘，但是我因为没有受到波及而没有意识到这个情况，或者说意识到了却视而不见，大概是因为这种不公没有降临到自己头上，于是我在无意之中也变成了曾经把我堵在厕所外面的那些小孩中的一员。

小五说："你不用担心没有朋友，也不用担心被男生欺负，所以你没有发现吧，我真的非常不喜欢初中的班级。还有一些人也不喜欢，我们觉得那个班级把我们很多人都扭曲了。"

4

进入高中之后，文理分科之前，我一直待在入学时默认的理科教改班。我的同桌是一个瘦弱而又沉默寡言的女孩子。她话特别少，刚开学我跟她也不熟，于是很少说话，后来有一天，班主任忽然给我换了新的同桌，我就更没机会跟她说话了。

后来我转去了文科班，再后来我才在一次家庭聚餐中听说了换同桌的真相。有一个亲戚问我："你认识那个L吗？"

我说："认识啊，我刚上高一的时候她还是我同桌呢。"

亲戚说："L说你总是欺负她啊。"

"啊？"我一时没有反应过来，我明明连话都很少跟她讲，况且，都上高中了还玩欺负不欺负这种东西，也太幼稚了吧?

大概是看我很惊讶，亲戚补充说："那个L后来是不是不跟你同桌了？她父母跟我是同事，上班的时候跟我说的，说L回家之后说你老骂她，还打她，她说再跟你同桌她就要精神崩溃了，她父母才去找班主任要求调座位的。"

如果说之前初中同学发表评论说我仗势欺人，我还需要回忆一下自己是不是真的做过什么不好的事情，这一次我则完全不用回忆就能够做出判断。我说："不可能啊，我都没怎么跟她讲过话，怎么可能骂她，更不可能打她啊。"

当时我已经去了文科班，已经高三，那个L也不在原来的班级了，我们之间隔了三个楼层。

我至今都不知道她为什么那么恨我。明明我上了高中之后由于之前暑假整天吃喝玩乐完全无法适应上课的节奏，几次摸底考试成绩一落千丈，直到下学期去了文科班才慢慢缓过劲儿来，她完全没有理由如此恨我……

5

高中是仅次于幼儿园的让我无法回首的时期，尽管在去了文科班之后我认识了左边姑娘还有邵小Y等一群志同道合的狐朋狗友，但是高考失败这件事情给我留下了无穷的后患。

去年我跟一个比我小三届的学妹一起吃饭，她告诉我："你知道吗，我们老师当时讲课的时候经常提到你。"

"我知道的。"我说，"我是反面教材。"

学妹说："我们老师经常说你平时成绩不错，但是后来就不学习了，到了快高考的时候都不去上学了，所以最后成绩才那么差，本来的P大变成了F大。"

我又震惊了，我说："谁说我不上课了？我怎么可能有那么大胆子？虽然我上课不太听讲，也经常在课上睡觉，但是我人肯定来学校啊。"

学妹耸耸肩膀，说："我也不知道啊，我们老师就是这样讲的。学姐你好可怜，都毕业这么多年了还天天被说……"

"算了。"我说，"反面教材就反面教材吧，不仅高中老师，初中老师也在说啊，能警告大家好好学习也算是给我攒人品了，人品在手，天下我有啊。”

其实我没有告诉学妹，这些年来，说我不学好的人有，说我人品差的人也有，甚至说我有口吃不能正常说话的人也有……

就像当初学弟对我说：“其实很多人看到你高考没考好，他们很高兴的。”我也只是笑着说：“对的，我知道。”

6

人们经常说：“空穴来风。”其实这句话并不完全对。每个人在一生中的不同阶段，都会遇到各种各样的问题，遭受各种各样的非议。有些时候我们是舆论的受害者，有些时候我们是沉默的帮凶。

大二的时候我看过一部叫作《波士顿法律》的美剧，我至今记得在第二季的第二集中，律师艾伦·肖尔辩护词中的一段：Schadenfreude，这个词来自德语中的schaden和freude，意思分别是破坏和欢乐。这个词的意思是幸灾乐祸，我们曾经不相信并且试图否认人性中丑恶的一面，但事实并非如我们所愿。最近，斯坦福的一位教授在人脑中发现了一个控制schadenfreude的部位，幸灾乐祸实际上是一种物理现象，看到别人痛苦有时候能够激发我们的大脑产生某种化学物质，从而让我们感到快乐。

这个世界上有一种永远都无法消除的不公平，那就是人们可以对自己完全不了解的人进行任意揣测和判断，这种揣测和判断无须成本，也鲜有风险，却可以满足每个人的schadenfreude情结。

我不相信所有的非议都来自于嫉妒，因为人的感情实在是太复杂，但是我相信所有的非议背后都有schadenfreude情结的支撑。

7

在小五的单身公寓过的那一晚，我们聊天聊到后半夜，我明明累得像条狗，精神却很亢奋，她说的话我基本上都记得。

她记忆中的初中跟我记忆中的初中完全是两个不同的世界，她回忆里的人跟我回忆里的人也似乎是两个世界里的人。

我告诉小五，我初中的时候总是过于自负，上了大学之后才发现自己是个傻×。所以回想起来，我总是对初中那段时间感到既羞愧又懊恼。而且我一直想找个机会向她道歉，那个时候我们明明是最好的朋友，但是我因为自恃成绩好，活得非常不可一世。在我明白了自己是个傻×之后，觉得自己最对不起的人就是她，因为她曾经对我掏心掏肺，我却总是漫不经心。

小五躺在我旁边，她说：“你不要这样说自己，我当初也很二啊，每个人在那个时间段都会很二吧，我从来都没有责怪过你啊，而且，你真的是一个很聪明的人。”

然后她继续说：“你还记不记得郑××？”

我说：“记得啊。”

小五说：“你还记不记得她初三插班来我们班，很多人都不喜欢她？”

“我当然记得啊，”我说，“我也不喜欢她。她好像总是正义感爆棚，有点儿装腔作势，所以大家才那么针对她吧。”

小五说：“初三的最后一个学期我跟她同桌，其实郑××真的是一个非常好的人，但是我不知道大家为什么那么针对她，而且，我也不敢站出来为她说话。”

我仔细想了想，那个时候大家针对郑××似乎并没有什么特别的理由，可能只是因为她是插班生，而且她不是美女。

“可是，”小五忽然在黑暗中抓住我的手，“前一阵子我跟郑××说到初中，她竟然觉得我们班的人都很好，她一点儿都不记得大家欺负她的那些事情了，或者说她从来没有觉得当时我们是在欺负她。”

我一时不知道说什么好。

然后小五叹了一口气，对我说：“所以你看，我们怎么对待别人跟别人怎么看待我们是一点儿关系都没有的啊。有钱××那样喜欢欺负人的男生，也有郑××那样容忍一切的女生，这就是这个世界啊。”

8

小五最后对我说："其实，你在别人记忆中是什么样子又有什么关系？我们记忆中的自己跟别人记忆里的我们根本不可能是同一个人。只有你自己知道你内心里那些最隐秘和不为人知的想法，只有你自己才知道你是什么样的人。

"你不要活在别人的回忆里，你要活在你自己的回忆里。"

说出这些话的小五，是我八年未见的初中同学和朋友，是我记忆中那个温柔沉默、隐忍而又有些怯懦的内向女生。

那些真相说到底不过是人之常情

What Looks Cruel Is Just of the Human Nature

1

我本科毕业去C城之前，问过几个朋友的意见，其中就有CPB[①]少女。

CPB少女并没有阻拦我，她还特地请我去她家，做了一桌好菜算是跟我告别，她说："你总要试一试，才知道是不是自己想要的，反正还年轻，都来得及。"

CPB少女之所以叫CPB少女，是因为她是我所认识的少女中，唯一使用CPB，准确地说是长期用得起CPB的人。

CPB少女并非富二代出身，但是在大学的时候就开始用全套的CPB，她没有傍大款，没有找富二代男朋友，也没有去做兼职模

① 即Clé de Peau Beauté，法文含义是"开启美丽肌肤的钥匙"，中文翻译为"肌肤之钥"，是日本资生堂旗下的一个顶级品牌。

特。她学的专业是历史，但是因为文笔好，给一些杂志写专栏，赚着并不多但是在她的安排下也能够满足各种小愿望的稿费。

CPB少女对我说："其实傍大款对于我来说也不难，追我的富二代也有，但是我不能做这些事情，如果我真的靠出卖色相生活，就会强化我自己被贴上的标签，你明白吗？大家都在给漂亮姑娘贴标签，觉得好看的人就应该利用这种资源，利用这种资源确实赚钱更轻松更容易，但我就是不想这么做，就当是我清高好了。"

我因为平时也写一些乱七八糟的东西，偶然认识了CPB少女，我们算是朋友，更准确地说，我是CPB少女的脑残粉。尽管CPB少女不是什么明星大腕儿，也不是什么学术大牛，她只是一个少女，但她是我见过的最睿智的美少女。

在很长一段时间里，我都希望自己能够成为CPB少女那样的人，可以说，如果没有CPB少女，我要在艾斯比阶段多停留很久，甚至永远停留下去。

2

我走的时候，CPB少女已经毕业四年了，并且在一年前找到了一个朝九晚五的编辑工作，还算稳定，每天都要上班。我刚到C城，她在QQ上跟我说，老家亲戚组团来北京，要她接待。

"我要上班啊。"CPB少女说，"但是他们好像什么都不管。"

"为什么啊？"我问CPB少女，"你为什么不拒绝他们，来了住哪儿啊？”

“住宾馆呗，”CPB少女说，“还得带他们到处玩，又是一笔大钱啊。”

“为什么要你花钱啊？”我问。

“老家的亲戚都觉得我在北京赚大钱啊。”CPB少女说。

“哦……”

“换成你，你能拒绝吗？”CPB少女问我。

我想了一下，告诉她：“不能。”

“所以你看，这些事我们也就是说说而已。”CPB少女说，“尽管明白问题所在，但是完全没有强势的立场和理由。我一个亲戚亲口对我说：‘你人长得这么漂亮，在北京赚钱肯定很轻松。将来再嫁个大老板，等发达了让我孙子去投奔你，在北京也算有个靠山了。’”

“……”

“他们真的是那么想的。”CPB少女说，“我跟他们说我只是一个编辑，他们都说我故意跟他们哭穷不地道，还说编辑也都很有钱。他们好像觉得北京遍地是黄金，到处能捡钱一样。这种想法傻×吧？你我都知道很傻×，但是你能当着人家的面说吗？”

“不能。”我说。

“所以啊……”CPB少女说。

“让他们来感受一下帝都的地铁吧。”我说。“显然不行啊，”CPB少女说，“我最近准备去租个车。”

“帝都这交通，租车真心不如坐地铁。”我说，“地铁虽然难挤，但是至少一直在开啊，而且只要你们巧妙地避开高峰期，还是很不错的，租个车给你堵在路上怎么办啊？”

“你跟我说没用啊。”CPB少女说，“我又不是不知道，但是他们不觉得啊，回去跟我父母一说，我连车都没有，我父母又要怪我没给他们长脸了。”

“不会吧……”

“你要知道，从小到大，大家都羡慕我父母。”CPB少女说，“他们自己也很骄傲生了个漂亮女儿，要是这个漂亮女儿再碰巧有点儿出息，他们就更骄傲了。这么多年来他们被捧惯了，根本下不来了。”

CPB少女花了一个多星期的时间接待她的亲戚们，事后在QQ上跟我吐槽，虽然这个时候CPB少女又开始表现得很强势，对什么都一针见血，但是其实我知道，就算吐槽吐得再狠，她还是不忍心伤害一些并没有太在乎她感受的人。

她就是那种“内心柔软”的人。

3

我认识CPB少女的时候，她刚刚大学毕业两年，那个时候我大三，每天都在浑浑噩噩地过日子。CPB少女浑身闪耀着光芒，经过我的世界，刺瞎了我的狗眼。

CPB少女身高一米七，大长腿，肤白，长发齐腰，明眸皓齿，且有一个笔挺的鼻子，真是无懈可击的一个人。

但是CPB少女对我说："以前我觉得自己美得跟天仙似的，后来到北京，漂亮姑娘那么多，我算什么啊？"

北京漂亮姑娘的确超级多，自恃漂亮的也多，而且还存在着一些明明不漂亮也自恃漂亮的姑娘，像CPB少女那样明明令人惊为天人却对自己的外貌轻描淡写的姑娘，真是不多见。

我当即向CPB少女表达了我的想法，CPB少女说："没什么，人各有志。"

在很长一段时间里，我都把CPB少女当作人生的标杆和偶像，因为在她身上同时糅合了出世和入世两种人生态度，而且她阅历比我广，经常给我提供一些指导。

CPB少女虽然对自己的美貌不以为然，但是对身材和容貌的保养一点儿都不含糊，她曾经告诉我："我大一的时候体重也逼近一百三，虽然我个子高，这样的体重不算胖，但是看起来很壮。后来有段时间心情不好，莫名地就瘦到一百〇五斤。然后我才发现，这个世界，真的是美女好办事。"

CPB少女这段话说得诚恳，给我留下了很深的印象。

CPB少女说，尽管人们表面上都说不要以貌取人，但是两个陌生的人见面，第一印象就是外貌，这是没有办法的事情。最要命的是，人生在世，有多少人能够跟你熟悉到了解你的内在呢？买东西的时候面对的店员、办理各种手续的时候遇到的行政人员、找工作的时候面对的面试官，这些人根本不可能在短时间内了解你的内心世界。

这些真相，说到底也不过是人之常情而已。

4

那段时间CPB少女在找工作，虽然她当自由撰稿人足以养活自己，但是她的家人觉得，一定要有一个正儿八经的工作，朝九晚五的生活对外说起来才比较有面子。否则，别人问起“你家姑娘现在在哪里”，回答“大学毕业待在家里”，真是一点儿都不高端洋气上档次。

CPB少女的朋友给CPB少女介绍了一家公司，让她投了简历去面试。

去之前CPB少女跟我说：“怎么办？我之前都没有面试过。”
我说：“你不要怕啊，肯定可以啊。”

在我看来，CPB少女这么美貌睿智，面试一个名不见经传的小公司，简直是手到擒来并且令对方感觉蓬荜生辉。

没想到CPB少女面试回来，恨恨地对我吐槽：“面试官脑子有病吗？一直刁难我。”
“怎么了？”我问她。
“那女的一上来就问我为什么毕业两年了都没有工作经历。”CPB

少女说。

“你就告诉她你做自由撰稿人啊。”我说。

“我说了。”CPB少女说，“然后她就问我：‘那你写过什么文章啊，出过几本书啊？’我心想我要是出过几本书还来你这儿面试啊，我就跟她说我没出过书，结果那个人说：‘你没出过书还叫自由撰稿人啊？’”

“这个……”

“然后又问我英语水平怎么样，还好我英语六级过了，不然估计又要被羞辱。”CPB少女说，“之后又问我为什么想去他们公司，问题一大堆。到最后我都怀疑我朋友介绍我过去是玩我的。”

“哦……”

“你知道我最生气的是什么吗？”CPB少女说，“那人后来竟然说我身上穿的衣服是这个牌子今年的最新款，问我是不是我家庭条件特别好，我说不是，她就反问我：‘那你怎么买的？’然后还用一种‘你不说我也知道’的表情看着我。”

“嗯……”我说，“这个问题有点儿不友好啊。”

“我又不傻，”CPB少女对我说，“那个面试我的女人不就是想证明我除了长得好看之外什么都不会吗？”

“那个女的好看吗？”我问CPB少女。

“也就那样吧。”CPB少女说，“那么刻薄的人能好看吗？而且岁数又大了，更显得尖嘴猴腮，下巴能凿冰。好像还是个小头目什么的，真是太恶心了。”

“那你工作怎么办呢？”我问。

“没戏了我估计，”CPB少女说，“虽然我也没跟她撕破脸，但是我态度也挺不客气的，不过算了，本来我也不想工作，实在是家里人逼得太急了，我也没办法。”

我觉得很惊讶，以CPB少女的性格，完全不是那种会因为家长的强迫而做出让步的人。当我向她提出这个疑问的时候，CPB少女说：“我也不想让步，我也不相信‘天下无不是的父母’这样的话，我也知道他们逼着我去找工作其实只是为了满足他们自己。”

“但是？”我弱弱地问。

“但是我们生存于其中的这个社会有一套规则，这套规则运行得太久了，我们都没有办法打破。”CPB少女说，“想当然的人太多了，然后他们把天朝[①]变成一个想当然的社会。我以前觉得我能够对抗这种想当然，其实不能。”

---

① 作为网络用语，被网友用于指代中国，多作为调侃意味的中性词，比较广泛地流行于军事爱好者和ACG（动画、漫画、游戏总称）爱好者中。

那天的最后，CPB少女对我说：“大家都觉得这个社会歧视长得丑的人，但是有几个人想过，其实社会也在逆向歧视长得好看的人。”

5

CPB少女跟我也聊感情，但是很少给我意见。她对我说：“其他的事情我可以跟你说怎么做，但是谈恋爱这事不行，因为我自己的感情也很失败，我也不知道怎样才能够找到好的男朋友，而且，就算我给你意见，你也肯定不会听。”我虽然没有反驳CPB少女，但心里是有异议的：你都没有提建议，怎么知道我不会听？

后来我慢慢领悟了，其他的人都给过我意见，包括左边姑娘、Nana在内的我最信任的朋友都劝我跟当时的男朋友分手，甚至如果换成我旁观别人那样的经历，也会提出同样的劝告，但是我真的没有听他们的话，直到后来我自己走了出来。

事后CPB少女对我说，她也经历过类似的感情，旁人都不理解，她自己无法自拔。这种无法打破和改变的局面，只能通过一个人的变心来解决。一定要等到另一个人出现，强行把你们两个人从这种状态中拉出来，否则谁劝都没有用。

当时我觉得很吃惊，身为一个美女的CPB少女，理应备受宠爱和呵护，竟然也会经历痛苦的爱情。果然生命这条长河千回百转，你有你的十八弯，我有我的九连环。

我经常跟CPB少女说："我要是男的，肯定玩命追你啊。"

CPB少女调侃我说："我看你主页上很多姑娘也这么说啊。"

"如果不是你把我从傻×之河里往外捞，我估计现在还停留在矮矬穷状态啊。"我说，"你是真女神，我认真说的。"

"因为你跟我熟，所以才知道我是什么样的人，"CPB少女说，"你看那些陌生人，尤其是男生，看了我一个头像，就觉得我一定是没有脑子那种人，以前我还喜欢发点儿评论，后来我发现只要我一发评论就有人试图来教育我，我难道把'没文化'写在脸上了吗？他们哪里来的底气，觉得所有漂亮姑娘的心智都要比他们低一等？"

"其实是因为只有有这种想法的人才会来教育你，所以你才感觉自己遇到的都是这种人啊，"我说，"那些对你没有偏见的人，因为没有主动联系你，所以你也不知道吧，这其实是个悖论。"

"我再告诉你一个悖论，"CPB少女说，"那些说着如果是男生一定会喜欢你追你的姑娘，等她们真的变成了男生，还是喜欢温柔漂亮没脑子的姑娘。"

6

我在C城安顿好之后想起来问候CPB少女，那个时候她刚刚送走去北京观光游览的亲戚们，CPB少女对我说家里人又开始催她结婚了。

我说："那就结吧，反正你总是要结婚的。"

CPB少女反问我："你觉得结婚的意义是什么？"

我一时语塞，CPB少女说，如果是找个人过日子，她一个人也不是过不下去，如果是为了传宗接代，她只是个女的，传也不是传她的，况且，人口那么多，也不缺她出这份延续物种的绵薄之力。

"最关键的是，"CPB少女说，"我觉得为了工作的事情我跟父母别扭了那么久，又跟这个社会别扭了那么久，这才消停多久，就又要马不停蹄地别扭了。而且可以预见，这次肯定更严重，就让我拖一年是一年吧。"

"拖太久也不好吧？"我说，"你要知道，社会对女人还是很苛刻的。"

"但是一时半会儿跟谁结呢？"CPB少女说，"很烦啊，不管跟谁结婚都是问题。你嫁个有钱人，别人会说，果然漂亮姑娘就是爱钱；你嫁个没钱人，别人又会说，长那么漂亮有什么用，还不是嫁个普通人。这些事都关他们屁事啊？但是你又不能直接一巴掌扇他们脸上说'关你屁事'。真是要命啊。我离家这么远，他们又不可能跑到北京来追着我说，但是我父母听到他们议论就会追着我说啊。我其实巴不得他们跑到北京来追着我说，反正我又不在乎，但是父母不同啊。"

CPB少女跟我的生活圈子基本上没有什么交集，因为工作关系，平时她有机会接触到好多模特之类的漂亮姑娘。

“真的是有很多姑娘，为了一个包就能跟人上床啊。”CPB少女有一次跟我感叹，“你知道我什么感受吗？”

“觉得是猪一样的队友吧？”我说。

CPB少女给我发了一个get√[①]的表情，她说：“我有的时候觉得特别烦，这些女的为什么这么庸俗这么不上路子还这么好看？真是拉低了好看姑娘这个群体的智商水平，但是后来我想想，算了，反正她们都这么好看了，就算庸俗点儿不上路子也没什么关系，反正她们不愁生计了，真是矛盾啊！”

我说：“就跟美帝歧视金发白人妹子一样啊。这种东西由来已久，这个群体中的大多数都是这样，然后少数人就被这个大多数吞噬掉了。”

“都是这样啊，”CPB少女说，“我工作之后发现越来越多的事情都是这样，大家都习惯性地把人分类，然后给每一类贴标签，之后遇到一个人就把这个人划分到某个标签项下面去，完全忽略了个体差异。”

“这样做省事啊。”我说，“因为了解一个人很难啊，就算朝夕相处都未必能够了解对方的全部，贴标签就省事多了，略去了了

---

① get意为“得到”，在网络游戏里完成一个任务时，得到一个新技能常常会出现get√，现在引申到网络对话上了，此处有“你说对了”之意。

解的过程，节省很多时间。”

“我知道。”CPB少女说，“所以我之前才跟你说想当然的人太多了。但是我现在发现这种想当然往往有一定的依据，就是某个群体中大部分人的行为。大家都说漂亮姑娘脑残，我觉得这就是偏见，而且我出去找工作或者做别的什么，都会被这种先入为主的偏见困扰，但是好多漂亮姑娘真的是脑残。”

“所以一切都是人之常情啊。”CPB少女最后总结。

7

在认识CPB少女之前，我对于很多事情并没有什么了解，以为世界就是自己所见的世界，CPB少女作为一个先于我离开校园走上社会的人，通过让我看到她眼中的世界，带我重新建立了对世界的认知。

这个社会上有许多莫名其妙的规则，这些规则虽然有着万般的不合理，却由来已久。以前我们想不通，觉得不能接受，但是后来发现，所有这一切，不过是人之常情。

而我们是不能跟人之常情对抗的，这个世界需要的不是对抗。

前几天一个中国女留学生嫁给外国男生的照片在网上很红。结婚这种本来应该被祝福的事情，却因为女生相貌并不美丽而备受诟病。

那些在评论中冷嘲热讽的人，如果抽离出这个具体的事件，一定也会承认“以貌取人是不公平的”，因为这是我们所有人一直接受并普遍认可的教育，是合乎道德准则的一个观点。但是结合到具体的某一个人，这种抽象的规则就被完全忽略了。人们的第一反应大多是“我靠，这不科学”。

抽象的道德所带给我们每一个人的刺激，远远不如一张照片来得直观，这种刺激直观到让很多人忘记了“不要以貌取人”这件事情。

这就是人性的必然。人性的必然是一个事实判断，而这种必然是好是坏是一个价值判断。事实判断可以证实或者证伪，价值判断则不能。

CPB少女说，最开始的时候她满怀豪情，想要跟这种偏见死磕到底，但是随着时间的流逝，她慢慢发现，这种偏见的存在有着无比复杂的背景和基础。就像一棵树木，露出地面的只是枝干，在看不见的地下，早已延伸出了更庞大的根系。

“蚍蜉撼大树，这不是自作孽吗？”CPB姑娘说，“而这个社会最有意思的地方在于，尽管在许多场合美女都受到歧视，但是她们确实又是相貌资源的既得利益者，许多人一边觉得美女都是脑残，一边对美女大献殷勤。最关键的是，有些时候，他们竟然是因为觉得美女是脑残才对美女献殷勤。”

都是人性使然。

“之前我觉得这种偏见就是不好的，”CPB少女说，“价值判断太好做了，现在看看，没那么简单啊，哪能用好跟不好来判断一种社会现象？”

在我和大多数人一样，还在为这个社会的正向相貌歧视而努力减肥努力美容以图提升自己在别人眼中的形象时，CPB少女和那些跟她相似的睿智而美貌的姑娘一边享受美貌的“福利”，一边面对不可回避的逆向歧视。

更不要说以貌取人只是人性中的沧海一粟。

生命还真是，大河弯弯。

也许有一天，我也能像她一样，笑着面对生活的难。

世上有一种生物叫前度

There's something called EX

1

“前度”这个词真是一种云谲波诡的存在，一方面，谁都不能否认他们或者她们曾经存在过，但是既然被冠以“前”这样的形容词，这种存在又变得暧昧起来，让人看不清楚，有时候也想不明白。

李小姐是我见过的比较具有代表性的女前度，张先生是我见过的比较具有代表性的男前度。凑巧的是，这两个人还曾经是男女朋友。

最开始的时候，张先生忽然对跟自己恋爱了大半年的李小姐说自己需要静一静，然后就杳无音信了。李小姐又不是傻×，当然知道这是张先生对自己生了二心。

大概每一个姑娘在发现这种事情的时候，全身每一个细胞里面的侦探都会争先恐后地尖叫着出谋划策，主意太多，反而忘记了这事得过脑子。

其实如果换成涉世未深的初中生高中生，没准儿这件事就会变成一场公开的血雨腥风，说不定还会在各大社交网站掀起一阵热潮，但最终随着时间的流逝被所有人不约而同地遗忘。但是李小姐已经大学毕业了，名牌大学的文凭仿佛一把利刃悬在她头上时刻提醒着她：“李小姐，你是××大学的毕业生，你是一个高端大气上档次的女人，你不能像那些少女那样被爱情冲昏头脑。”

李小姐没有找张先生对峙，而是耐心地等待着，直到一个月之后，看到张先生的各种空间里面晒出了跟另一个姑娘的照片。

忽然，一切昭然若揭，但是李小姐还有许许多多的疑问。

这个姑娘是什么人？他们两个人是怎么好上的？他们两个人是什么时候好上的？

2

张先生万万没想到，女朋友会率先跟自己分手。在他看来，相处一年多以来，女朋友一直特别乖巧，对于自己的要求从来不说一个“不”字。尽管有时候会提分手，但是姑娘一次都没有得逞过，每次都是没过几天就自己跑回来找张先生低头认错求和好。

这样一个乖巧懦弱的女朋友竟然会率先跟自己分手，张先生在意外之余，并没有太把这件事当回事。

张先生的妹子，就像微博上那些红人分析的那样，简直属于离开男朋友就不能成活的类型，怎么可能分手成功呢?

有人说过，“女人说分手，说一千次都不一定成功”，尽管张先生不记得是谁说的，不过这并不重要啊，关键在于，他根本不相信姑娘会真的离开他。

张先生一直是一个对于一切都胜券在握的人，比如上学的时候之于考试，毕业的时候之于找工作，甚至在追姑娘的时候，张先生都带着百分之百的笃定和把握。

尽管当时他尚未明确地跟李小姐分手，但是他丝毫不担心姑娘知道这件事情之后会不痛快。

张先生十分享受这种一切尽在掌握之中的感觉，直到他发现姑娘开始失控。

这一次，姑娘说完分手之后，再也没有回来找过他。

3

李小姐脑洞打开去脑补跟张先生在一起的姑娘是个什么样子的人，在她心中，姑娘就是个小三儿，小三儿嘛，自然是胸大无脑没文化没节操，这一点在她看到姑娘的照片的时候得到了证实。

照片里的姑娘眉眼娇俏，笑容明媚。李小姐冷笑着点开姑娘的个人空间，看到姑娘的学校的时候李小姐有点儿傻眼和胸闷，但她很快尝试着说服自己，上了个比自己好的大学又怎么样，肯定是混进去的，在看了几张姑娘的化妆品和手提包照片之后她更加确定了这个想法。

“呵呵……”李小姐冷笑一声，“谁知道这些东西是真的还是假的，是亲爹买的还是干爹买的。”

李小姐根本不愿意考虑，如果姑娘真的比自己差那么多，那么一向冷静睿智的张先生为什么要放弃自己。人们都说恋爱中的女人智商是零，失恋中的女人智商其实也是零，在丧失智商的情况下，李小姐做出了一个十分错误的决定。

她要让张先生重新发现自己的好。

这个世界上最可悲的事情，莫过于你拼命折磨自己，却不是为了自己。

李小姐办了一张健身卡，又办了一张德语学习卡，李小姐决定在一个月之内完成脱胎换骨的改变。变瘦，变美，变年轻，变更好，让张先生知道，放弃自己是他的损失。

在这场暗流涌动的战争里，李小姐始终提醒自己保持作为前度的优雅，我不打扰你的生活，但是我绝不会退出你的生活，在所有的社交圈里，你都能够看到我的动态，我今天挥汗如雨心情很好，我今天上课见到了英俊的外教，我活得非常好。

比任何时候都好。

4

姑娘消失的第二个星期，张先生终于忍不住了，他尝试着给姑娘打电话，却惊讶地发现自己被阻止了。

张先生大半夜从城市的一头驱车前往城市的另一头，到姑娘所在的学校，找到姑娘所在的宿舍楼，让宿管阿姨帮忙通知姑娘。

阿姨用一种心领神会的表情看着脸色阴郁且有些着急的张先生，这让张先生觉得更加气闷。

姑娘从楼上下来的时候披散着头发，戴着黑框眼镜，穿着一身翠绿的睡衣，似乎是没有睡醒，她懒洋洋地看了一眼张先生："什么事啊？"

张先生觉得自己有千言万语要说，但是又不知道怎么开口，感觉那些困惑全部涌上喉咙，挤成一团，像是北京早晚高峰时的地铁站。

过了半天，张先生终于问出一句："你什么意思？"

"没什么意思啊。"姑娘看着张先生，"分手的意思啊。"

"你又闹什么啊？"张先生说。

"我没跟你闹啊。"姑娘认真地看了一眼张先生，"你有什么好不信的。"

"不是，什么原因都没有为什么要分手啊？"张先生问姑娘。

姑娘看着张先生，突然露出一个笑容："你觉得什么原因都没有吗？"

张先生想说“是的啊”，但是有那么一瞬间，他好像被控制了一样，这三个字被他咽了下去，取而代之的是：“你把原因告诉我我才知道我们想的一样不一样啊。”

姑娘饶有兴味地看着张先生，说：“哦，因为我不喜欢你了啊。”

张先生看着眼前的姑娘，姑娘之前每次跟他见面都是很精致的样子，张先生忽然明白了，姑娘想用这种方式告诉他：“你已经不值得我额外再花哪怕一点儿时间了。”

姑娘已经不再是一年前那个为了送张先生一本画册而熬了一个月的夜的姑娘了。

5

李小姐确实瘦了、美了，甚至上班途中都能够明显地感觉到停留在自己身上的目光变多了，但是她所有的生活动态，都没有张先生的回复。

她仍然每天去围观张先生和姑娘的生活，看着姑娘晒那些恩爱的小细节，他们去了哪里吃饭，他们互相送了什么礼物，他们拍了什么样的照片。

李小姐看着，始终觉得这一切都是她的幻觉，从始至终，她甚至都没有得到过张先生一句正式的“分手吧”，忽然，自己的男朋友就出现在了别人的生命里，而且他们两个人还看起来那么融洽和登对，就那样堂而皇之地接受着众人的祝福。

李小姐看着那些陌生人的评论，默默地想："你们知道这个世界上还有一个我吗？"

这样子的人生，真的公平吗？

李小姐终于按捺不住，主动发了条微博准备@张先生，但是当她输入"@"之后，在系统的下拉菜单里，并没有看到张先生的名字，李小姐产生了一种不好的预感，然后她搜索了张先生的微博ID。

自媒体时代的特色在于，大家都是如此地以自我为中心，以至于若不是特地搜索，都不会察觉自己已经被另一个人悄悄地拉黑了。

李小姐看着电脑屏幕，那个瞬间她觉得内心一片寂静，之前她总是有怨言和恨意，但是忽然，那些情绪全部消失了，好像突然就被抽空了一样。

我那么努力地想要打败你对我的薄情，不料一直以来根本不存在这样一个对手。

6

张先生在金店柜台挑戒指的时候，柜员问他要多大号的，他才想起来，自己并不知道姑娘的手指粗细。他努力地回忆自己跟姑娘在一起的每一个瞬间，但是什么都想不起来。

纵然千百次十指相扣，在他心里留下的还是一片空白。

妆容精致的姑娘并没有为难张先生，而是体贴地向他推荐了比较大众的款号。张先生带着戒指和鲜花又一次奔赴城市的另一头，去找那个已经跟她分手的姑娘。

所有的浪漫桥段都是这样的，男主直到失去之后才知道珍惜，痛下决心痛改前非，洗心革面重新做人追回女主，幸福和快乐是结局。

张先生好像重新有了那种胜券在握的感觉，他似乎已经看到姑娘喜极而泣，戴着戒指对他点头说“我愿意”的样子。

白天的教学楼下人来人往，张先生执着地捧着鲜花站在那里迎接过往的人群向他投来的各种目光，姑娘们大多赞赏羡慕，而那些尚未毕业的大学男生多半不屑，以冷眼相看，张先生觉得自己像一个英雄。

张先生记得，姑娘最喜欢的一句话是“我的意中人是个盖世英雄，有一天他会驾着七色的云彩来娶我”。

这么声势浩大的表白，鲜花、戒指、无知的围观人群，应该符合姑娘的全部想象了吧?

张先生这样想着，然后他看到了迎面走来的姑娘。

7

李小姐是从姑娘的微博中发现张先生分手的事情的。云淡风轻的一句话“你感动天，感动地，偏偏感动不了我”，悄悄关注了姑娘一年，姑娘只发了这一条微博。

李小姐看着姑娘这句话，忽然想起，距离张先生把她拉黑已经快要一年了，在这将近一年的时间里，她升职、加薪、旅行，要不是突如其来地刷出姑娘这条微博，她好像都快忘记张先生和姑娘的事情了。

也忘记自己曾经拼命地想要了解的这两个人的一切的心情，所有的不甘、愤怒、委屈，以及由如此种种情绪带来的其他不良感受，都趁她不注意的时候，悄悄地消失了。

那个充满戾气的李小姐好像从来没有存在过一样，变得遥不可及起来，在她氤氲的记忆中，模糊成一片朦胧。

曾经读过的心灵鸡汤和情感导师们的博客，好像都变得遥不可及起来。甚至当时觉得简直应该万世流传的句子，现在想起来都变成了婆婆妈妈的废话。

李小姐已经想不起张先生的脸了，也想不起自己跟张先生究竟发生过什么，甚至想不起这样一个在自己的记忆中什么都没有留下的人，为什么让自己耿耿于怀了那么久。

说到底，不管有多么睿智、多么成熟，每个人在自己的世界里都是愚蠢而没有逻辑的吧，李小姐曾经脑洞大开幻想过的一切在别人眼中或许只是一场无稽之谈，但对于当事人来说，是曾经有着切肤之痛的难忘经历。

8

张先生终于等到姑娘下课，他看着姑娘裹挟在下课的人群中从教学楼的出口处走出来，他以前从来没有觉得姑娘这么好看过。

姑娘也看到了张先生，但是姑娘的目光只在张先生身上停留了零点一秒的时间就飘向了别处，就像看一棵树、一辆自行车、一张石头做的凳子那样，没有任何感情。

姑娘在张先生身边停住，看着张先生。

张先生忽然不敢把花递给她，也不敢跟她说话，因为他竟然第一次被一个姑娘的眼神搞得害怕起来。可以说，就是在那个瞬间，他忽然知道了所谓的“无情”到底会以一种怎样的方式表现出来。

姑娘没说什么，她在张先生面前停留了很短的时间，在围观群众“女主终于出现了”的骚动中，大方地接过张先生手中的鲜花，轻轻地说：“就这样够了吧？”

张先生最终没有把兜里的戒指拿出来。

姑娘抱着玫瑰花跟张先生在学校里走了一会儿，将张先生送出门去，在门口把玫瑰花还给张先生：“我已经不需要这些东西了，我不需要的东西，对我来说都没有意义。”

张先生忍不住问姑娘：“我为什么会失去你呢？”

姑娘笑了，然后说：“就是因为你从来都没想过会失去啊。哈哈，你看，这是个悖论，不要想了，想不通的。”

9

如果说一件东西，在得到之前，它的价值是一百，那么得到之后，就会变成六十，如果得到之后又失去，那么价值就会变成两百。

但是这件东西真正的价值是什么，从来都没有改变过。

姑娘送走张先生之后，回去发了一条微博。那条微博是发给李小姐看的，她知道李小姐会看到。

其实姑娘也忘记了自己是什么时候知道李小姐和张先生的故事的，但是恋爱中的女人，刑侦天赋总是点到满的。姑娘知道李小姐悄悄关注了自己，正如自己也悄悄关注了李小姐。

姑娘有另外一套逻辑，一件东西，不管价值到底是多少，一旦不属于自己了，价值就是零。

一切被冠以“前”这个前缀的人、事、物，大概都逃不过这两套逻辑。

活该你被剩

You Deserve To Be Single

1

赵小姐今年二十八，被家里人逼着去相亲，对方是一个矮丑富，地点约在三线城市的咖啡店。

赵小姐吊儿郎当穿着牛仔裤运动鞋就去了，那人的照片她看过，怎么说呢，反正赵小姐不喜欢，去见一面无非是为了成全家里二老还有介绍人那莫名其妙的面子。

再怎么样，也不至于嫁给这样的人吧。赵小姐默默地盘算，但为了遮掩自己的黑眼圈和生理痘，赵小姐还是化了个妆。

即使在五道口会被迅速淹没无人在意，走在家乡的大街上，赵小姐还是赢得了很高的回头率。

赵小姐深深地吸了一口气，似乎自带一个无影无形的隔离罩，将她与这个城市隔离开，就像雅典娜的那一圈圣光。

2

这次的介绍人还是很靠谱的，果然矮、丑，且富。

这三个属性从赵小姐见到那人的第一眼开始就暴露无遗了，那人站起来跟赵小姐打招呼，只比赵小姐高半个头，五官挤在脸上，显得脸更大，眼睛更小，车钥匙就随意地扔在面前的桌上。

赵小姐微笑着跟那人打了个招呼，对方为她拉开座椅，赵小姐坐下来，继续微笑。

矮丑富叫来服务员，礼貌地把菜单递给赵小姐，搓了一下手：“你随意，别客气。”

赵小姐迅速地浏览了一下，看起来家乡人民的装×步伐已然快跟国际接轨了，刚刚翻到咖啡那一页，就听到服务员略带抱歉地说：“不好意思，我们这里的咖啡是速溶的，请问您介意吗？”

“呵？”赵小姐发出一声意义不明的干笑，“速溶的？”

服务员继续略带抱歉地解释：“不好意思，因为店刚开张，设备还不齐全，不过我们的速溶咖啡也都是进口的，我给您介绍一下……”

赵小姐把那一页咖啡翻过去，打断了服务员的话：“不用了，谢谢你，我不喝速溶咖啡。”

矮丑富等赵小姐点完单，抬头对服务员说："跟这位女士一样吧。"

3

这不是赵小姐第一次相亲，从二十六岁开始，她就被逼着前往各种场合的相亲会，但是一直没有成功。

最近一次跟钱小姐吐槽的时候，赵小姐说，出来相亲的都是有病的，这么大岁数还找不到女朋友，肯定自己也有问题。

钱小姐一句话给赵小姐堵回去："你自己还不是这么大岁数找不到男朋友，你也有病？"

赵小姐大方承认："是的啊，我也有病，我得了不肯将就的病，还是绝症。"

"什么是将就？"

"比如说，我今天想去肯德基吃原味鸡，但是没有，那我宁愿去吃麦当劳也不要将就黄金脆皮鸡。"

"哈哈哈，凭什么说吃麦当劳就不是将就了呢？"钱小姐毫不客气地戳穿赵小姐，"如果你真的想要原味鸡，那么除了原味鸡之外，所有的一切都是将就。装×遭雷劈。"

钱小姐和赵小姐岁数一样大，没有男朋友，拒绝一切相亲和交友活动，赵小姐的妈妈看不惯钱小姐，觉得是钱小姐把赵小姐带坏了，自己好好的一个女儿，跟这么一个整天飘着的女人在一起，真不省心，最怕的就是这个钱××别是新闻里说的同性恋，再把自己女儿拐跑了。

赵妈妈操着这份心，但又不能明着说，怕伤了女儿的自尊，只能在介绍对象上加把劲儿，眼看着赵小姐到了二十八岁，离三十大关就剩下两年了，这一过三十岁，就更难了，唯有天天盼着哪天老天开眼能让自家仙女看上相亲的小伙子，赶紧了了自己这桩心事。

4

钱小姐是赵小姐的高中同学和大学同学，尽管大学时不在同一个专业，但是每逢期末两个人总是一起突击复习。

在那四年里，每到快考试的时候，赵小姐和钱小姐就会结伴去图书馆刷题，美美的齐刘海或者斜刘海用黑夹子或者魔术贴贴起来，中午的时候就在图书馆的小卖部买一桶泡面，跟其他刷题的同学一起，在升腾的热气中吞下那些裹挟着焦虑和不安的面条。

钱小姐精力比赵小姐旺盛，但她是个离不开咖啡的人，直到现在随身的包里都装着速溶咖啡，更不要提上学的时候，赵小姐从来没有在钱小姐的水杯里看到过除了咖啡之外的液体。
赵小姐被钱小姐带得，也是喝咖啡上瘾，那种感觉真是太好了，好像永远有精力，好像永远能清醒——永远不会疲惫，永远不会崩溃。

回忆起来，那段时间真是活得太粗糙了。连成套的外衣和鞋子都没有，更不要说成套的内衣了；有一支BB霜还懒得抹，更不用说从水精华到面霜面膜摆满一整个梳妆台；画个口红都要把颜色涂到嘴唇外面来，更不要说像现在这样笔触平稳地画出一条精致的眼线。

从那个时候的毫不在乎，到现在把许多事都做得恰到好处——时间都去哪儿了呢？

大概就在赵小姐和钱小姐结束最后一场考试的时候，终于感慨“妈的，以后再也不用早起占座刷题吃泡面靠咖啡续命”的时候，终于拿到录用聘书签下合同领到工资卡的时候。

一个时代结束了。

5

矮丑富话不多，赵小姐话也不多，两个人大概都身经百战，深谙敌不动我不动的道理，等着对方先露底，不知道怎么着，就聊到了大学。

矮丑富的大学比赵小姐的大学好很多。赵小姐听到那个名字的时候心中一动，不就是前阵子被曝光的那个吗？看样子，矮丑富也是拿了钱上的大学吧？有钱人就是好。

赵小姐觉得头疼，大概是觉得矮丑富在名牌大学的社交圈里混惯了，跟自己之前遇到的那些男的不一样，让她觉得自己根本不是对手，有一种相形见绌的心虚。

赵小姐扭过头去四处看，从身边的装饰镜里，忽然看到自己的耳边有了一根白发，她慌张地转过头来，矮丑富似乎并没有捕捉到她眼神里面的闪烁，依然缓慢地继续着之前的话题。

赵小姐挤出一个勉强的笑容，说真的，她对自己的专业没有任何兴趣，对于所处行业的前景和未来也没有任何兴趣，反正，总不能少了自己的一口饭吃吧。

矮丑富似乎还等待着赵小姐和他进行互动，但是赵小姐的心思已经全部被头上那根白头发吸引走了。

6

孙先生接到李先生电话的时候，孙太太已经做好了晚饭，孙先生挂了电话，对太太说："一会儿李××要来。"

孙太太为难地皱了下眉头："饭不够啊。"

孙先生挥挥手："没事儿，那孙子，给他拿个泡面。"

二十分钟之后，门铃响了，李先生进屋看到孙先生和孙太太，还有桌上的一桶泡面，以及一根火腿肠。

“尼玛，”李先生说，“孙××，哪次来你家可以给我点儿能吃的？”

“去你妹的，爱吃不吃！”孙先生没好气地说，“尼玛，当初宅宿舍玩刀塔[①]一个礼拜，天天吃泡面的是不是你？想吃好的自己回家做，来蹭我老婆的算球！”

“尼玛，能不能过了？”李先生说，“老子又不是不想娶老婆。”

“欸，今天这个怎么样？”孙先生忽然想起了什么似的问李先生，“不是说肤白貌美学历高吗？你差不多见好就收吧，整天挑来挑去有意思吗？”

“肤白貌美学历高。”李先生笑了笑，撕开桶装面，把调料包拿出来，慢斯条理地说，“尼玛，你说这个泡面吧，图片拍得这么美，肉这么大，菜这么绿，酱料这么足，打开一看是这个球样子，能不能告他们诈骗啊？”

“你又不是今天才知道。”孙先生说，“广告能信还叫广告啊？”

“真尼玛，”李先生说，“你说人吧，其实还是贱，明明知道这个泡面泡出来跟图上画的屁都不一样，还是相信什么红烧牛肉小鸡蘑菇酸菜香菇，看起来真是各具特色百媚千娇，其实都他妈是

① DotA，基于魔兽争霸的多人即时对战、自定义地图，可支持十个人同时连线游戏。

一样的防腐剂和添加剂，真没意思。”

“你烦不烦？”孙先生打断李先生，“吃个泡面都扯人生，注定孤独一生。”

“你烦不烦？”李先生放好调料包盖好桶装面，两眼直勾勾地盯着泡面桶，默默地说，“光闻着这味道还真是香，要是闻这味道能闻饱，就好了。”

Chapter 3

和相爱的你在一起，即使最寒冷的日子都充满了暖意。

爱 都 是 对 的

Love Is Always Right

Love
Can Do Anything

你饿不饿，

我做饭给你吃

Love

Can Do Anything

没有人希望爱情最终是悲剧散场吧。但往往最后变成那样一个结局，竟然找不到一个可以指摘的对象。

这是一段谁都没有错的爱情。却是一段谁都在错过的爱情。

那些年，陪你上自习的王语嫣

Do you remember the girl you fell in love at your youth

1

慕容复是王语嫣的男朋友，这件事情从他俩刚入学的时候大家就都知道了。王语嫣是学院的院花，搞不好还是学校的校花，能当她的男朋友，慕容复不知道拉了多少男人的仇恨。

不过慕容复自己浑然不觉，在许多人眼中，慕容复和王语嫣是一对不折不扣的学霸。特别是慕容复，每天的生活就是宿舍、教学楼，两点一线。王语嫣每天早早地起床买好早饭去等慕容复，中午和晚上慕容复在教室里学习，王语嫣去食堂打好饭给他送过去，等到教学楼闭楼，王语嫣再陪着慕容复回来。

钟灵不止一次问王语嫣："慕容复这小子哪里好，你干吗跟着他受气？"

王语嫣每次都是抿着嘴笑一笑，说："我觉得他有才华，是社会埋没了他。”

王语嫣其实是个白富美，要想找高富帅那是分分钟的事情，她却偏偏看上了慕容复，理由是对方有上进心，肯吃苦，将来一定有前途。

其实也不是没有人挖过墙脚，从学长到学弟，谁见了王语嫣的美貌都忍不住动上几动歪心思。但是任凭谁想尽办法，王大小姐就是油盐不进，谁都挖不走。用木婉清的话说，西施范蠡那都算个球，王语嫣跟慕容复才是真爱。

2

段誉最开始追王语嫣的时候，王语嫣并没有把他放在心上，这些年来追她的男生多了，帅的有，富的也有，她都从来没有动心过。

王语嫣的妈妈一直教育她，有钱又帅的男人都不是好东西，个个都是花心大萝卜。慕容复家道中落，并不算有钱，尽管特别有上进心，为人又正派得可怕，但王夫人还是看不上他。王夫人千防万防，生怕慕容复来把自己的宝贝女儿勾引走，没想到王语嫣竟然去倒追了慕容复。

王语嫣的想法其实很简单，像慕容复那样胸怀大志又刻苦勤奋的人早晚会出人头地，自己是陪着他度过人生中最艰难的岁月的人，等将来飞黄腾达之后，他一定会对自己不离不弃，加倍补偿这些年来对自己的亏欠。

至于像段誉这样的有钱小白脸，有那么多漂亮姑娘喜欢，他对自己的喜欢不过是一时兴起。人们都说同甘共苦，王语嫣不相信同安乐的感情，她更相信自己跟慕容复共患难之后，最终能够苦尽甘来。

王语嫣像所有感情鸡汤文中描写的姑娘那样，温柔沉静，无怨无悔地跟着慕容复，因为在慕容复身上寄托着她的全部希望。

3

大二的圣诞节，班里组织聚会，王语嫣想让慕容复一起去，慕容复想都没想就拒绝了："这种活动有什么好去的，浪费时间又浪费钱，都快期末了，要复习啊。"

王语嫣小声地说："可是你平时也挺努力的啊，咱们班难得聚会一次，你陪我一次吧。"

"你什么时候也变得这么虚荣了？"慕容复不满地皱起了眉头，"有什么好聚的呢，不就是吃饭喝酒，有什么意思呢？"

王语嫣的眼圈有点儿红，慕容复尽管一直对她要求严格，但是从来没有用"虚荣"这个词形容过她。自从王夫人知道她跟慕容复好上之后，就切断了她的生活来源，说是担心她把家当都倒贴给了慕容复，王语嫣不得不在课余时间找了两份兼职，勉强维持生活。这些慕容复并不是不知道，但是现在他因为王语嫣要去参加班里的聚会而说她虚荣。

王语嫣最终还是跟大家一起去吃饭了，如果放在大一，她一定会听慕容复的话，乖乖地陪在图书馆跟慕容复一起看书，但是现在她大二了，她已经跟着慕容复度过了一年半枯燥无味的生活，她只不过想跟班里的同学一起过一个圣诞节。

王语嫣第一次参加班级活动，男生们都很激动，段誉更激动，大家吃完饭之后他又招呼大家去唱歌，王语嫣稀里糊涂地跟着去了。

KTV里面灯光闪烁，大家有打牌的，有猜拳的，王语嫣被木婉清、钟灵还有几个男生撺掇着猜了几局拳，她本来就没参加过此类活动，输得一塌糊涂，被灌了两三杯，到第四杯的时候，段誉走过来摁住了杯子："要不王语嫣你别喝了。"

"英雄救美啊。"木婉清略带醋意地说，"幸亏今天慕容复不在。"

"没事。"段誉好脾气地笑笑，"王语嫣难得参加一次班级活动，你们把她灌醉了，下次她就不来了。我来替她喝好了。"

那一天大家一直玩到后半夜，王语嫣时不时掏出手机看一眼，但是慕容复一个信息都没有给她发。

回学校的时候已经没有公交和地铁了，大家四人一组打车回去。段誉跟王语嫣是同一辆车，王语嫣坐在靠窗户的位置上，一路上她看着窗外忽明忽暗，出租车穿过喧闹的酒吧街、沉寂的居民区。灯光打在王语嫣的脸上，她还是那么沉默，就像她上衣右侧口袋里被紧紧握住的手机，静静地待在那里，没有生命。

汽车停稳的时候王语嫣还没有反应过来车门就已经被段誉打开了，她一只脚踏出去，才注意到段誉的手放在车门上方。

“以前都是司机下车帮你护头，”木婉清随后出来，笑着说，“段大爷也有替我们效劳的一天啊？”

“没事。”段誉继续好脾气地笑笑，“照顾女生嘛，应该的，应该的。”

王语嫣本来已经在前面走了，听到段誉这句话，忍不住回头看了他一眼。

4

慕容复似乎并不记得自己曾经跟王语嫣因为圣诞节的聚会发生过不愉快，王语嫣也没有再提起这件事。她还是每天等慕容复一起上课，帮他买饭，只是偶尔想起段誉对木婉清说的那句“照顾女生嘛，应该的，应该的”。

木婉清喜欢段誉，这好像是一个已经公开的秘密，但是阿碧喜欢慕容复，这件事知道的人不多。

阿碧是从大一下学期开始喜欢慕容复的，这件事情要不是钟灵八卦说出来，王语嫣大概一辈子都不会知道。阿碧从来不主动跟慕容复说话，也没有加慕容复的QQ或者微信，她就是每天都去上自习，每天都坐在慕容复身后两排的位置，从不走近，就那样看着慕容复。但是王语嫣知道，阿碧是喜欢慕容复的。

如果阿碧真的做什么小动作，王语嫣还可以生气，可以让慕容复表态，但是阿碧什么都不做，什么都不说。大家都说阿碧是个好姑娘，慕容复也说阿碧是个好姑娘，阿碧让人挑不出来错，可是王语嫣自己也没错啊，为什么偏要碰到这种事情呢？王语嫣觉得特别心慌。她想让慕容复换个教室自习，可是慕容复说：“人家阿碧什么都没有做，你着什么急？”

王语嫣把“等到她做什么就晚了”这句话默默地咽了下去，她只是说：“哦，我知道了。”

5

大三的时候，段誉参加了十大歌手赛，一首《董小姐》唱疯了台下的万千少女。十歌赛慕容复也去看了，他坐在王语嫣身边，冷冷地说：“有什么了不起？练了半年吉他就学会了这一首歌而已。”

王语嫣没有答话，她总觉得段誉的歌是唱给自己听的，尽管她知道段誉站在光芒万丈的台上，根本不知道自己坐在哪里，但她就是觉得段誉的目光一直在自己身上。直到一曲终了，段誉忽然像抽风了一样，站在台上吼了一句：“王语嫣，我喜欢你！”

台下的人群沸腾了，王语嫣转过头去看慕容复的脸，慕容复眼神阴沉地看着她："你跟这小子什么关系？"

"没有关系啊。"王语嫣说。
"那他为什么要说喜欢你？"慕容复问。
"我也不知道啊。"王语嫣说。
"你骗我？"慕容复又皱起眉头，王语嫣最怕他皱眉头了。
"我没有啊。"王语嫣说。
慕容复只是冷冷地哼了一声。

王语嫣把慕容复送回宿舍之后，忽然收到一条短信，是段誉发来的："对不起，今天在台上失态了，希望没有给你带来困扰。"
王语嫣回复："不会，不要客气。"
段誉又简短地回复道："你开心就好。"

王语嫣想了想，又把手机揣进口袋，沉默着走回宿舍。以前她从来没有觉得从男生宿舍到女生宿舍的距离有那么远，但是今天，明明只有十分钟的路程，她却觉得像是走了一个世纪。

6

大家都开始忙着实习和找工作的时候，慕容复忽然说准备投资创业。

"可是你哪里来钱投资呢？"王语嫣问慕容复。

"你妈妈有没有？"慕容复问王语嫣。

“哦？”王语嫣愣了一下，“我妈妈大概不会给我吧，她不喜欢我跟你在一起……”

慕容复的眉头又皱了起来，王语嫣打住了话头，不再说下去。

“那我再想想办法吧。”慕容复说，“要是光靠找工作，什么时候才能买车买房啊，还是得投资，赚大钱。”

“可是我们不是这个专业的啊。”王语嫣说。

“你看人家大老板，有几个专业对口的？”慕容复说，“王语嫣，你读了这么多年书，把脑子都读死了，现在那帮富豪，有几个有大学文凭？”

王语嫣看着慕容复眉飞色舞地讲述了自己的创业计划，又生生地把那句“可是时代不同了呀”咽了回去。

慕容复想要成功，王语嫣知道这并没有错，而且，如果慕容复成功了，对她而言也是一件好事情，她就可以证明给王夫人看，自己的眼光并没有错，自己的付出是值得的。

王语嫣更想证明给自己看，自己当初做出这样的选择是明智的。从高二到大三，整整五年的时光，如果最后证明自己错了，那将是多么残忍的结局啊。

7

段誉很少来上课了，听说他准备接受家里的集团，正在熟悉业务。听说他家里给他介绍了几个门当户对的姑娘，都被他敷衍过去拒绝了。

王语嫣想了想，从段誉大二的时候开始追她，已经过了三年了，三年里，系里的男生女生们分分合合，临到毕业的时候大多数女生都找到了好的归宿，男生们也大多脚踏实地拿到了offer开始准备步入社会工作。唯独慕容复，还在做着自己的创业梦。

王语嫣不愿意放弃慕容复，她始终相信慕容复那么努力、上进，一定会出人头地。直到木婉清的几句话彻底粉碎了她的幻想。

毕业聚餐的时候，木婉清一只手搭在王语嫣的肩膀上，另一只手里拿着一杯啤酒，半开玩笑半认真地伏在王语嫣耳边说："妹妹，你可别再这么傻下去了。"王语嫣没有说话。

"知道大家背后都叫你什么吗？"木婉清继续说，"王木头。你知道吗？"王语嫣还是没说话。

"慕容复是勤奋，"木婉清说，"可是你真的觉得他努力就有用吗？他努力就能摆脱掉他身上那种男权主义的傻×气质吗？"王语嫣看着木婉清。

"你以为我喜欢段誉是喜欢他有钱啊？"木婉清笑了笑，"不错，段誉是有钱，除了钱难道他就没有别的了吗？他对女人的尊重呢？他那种淡定从容的气质呢？段誉是有钱人不错，但他不是土大款，你明白吗？”王语嫣还是看着木婉清。

木婉清恨铁不成钢地叹了一口气：“你不就是怕人说你嫌贫爱富吗？但是你问问你自己，慕容复除了一门心思想发财，他心里有你吗？咱们室友四年了，王木头，女人不怕穷，一块钱掰成两块花也没关系，但是慕容复他有一块钱，他舍得给你花一分吗？”

王语嫣把木婉清手里的啤酒抢了过来，一口气喝光了。

8

慕容复对王语嫣说，自己找到了投资人，创业有了启动资金。王语嫣觉得很开心，这些天来，木婉清对她说的那些话一直扼着她的喉咙，让她喘不过气来。

直到现在，她终于觉得自己能够透过来一口气了，但是王语嫣没有想到会在慕容复的宿舍楼下看到梦姑。

梦姑是外国来的留学生，王语嫣对她根本没有任何了解，这个人也从来没有出现在王语嫣和慕容复的生活中过，但是现在王语嫣忽然看到梦姑挽着慕容复的胳膊。他们两个人像所有出双入对的情侣那样说笑着从男生宿舍里面走出来。

王语嫣没有忍住，她冲上去问慕容复：“这人是谁？”

慕容复愣了一下，立刻反应过来：“这是梦姑啊。”然后又给梦姑介绍：“这是我老乡，王语嫣。”

“哦……王语嫣。”梦姑操着并不标准的普通话说，“你就是那个傍上段誉之后就甩了慕容复的王语嫣啊？”

王语嫣睁大眼睛看着慕容复，慕容复冲她使了个眼色。但是王语嫣仿佛没有看到，她眼中迅速闪现过的是自己跟慕容复这么多年来所经历过的一切，慕容复笑的样子、生气的样子，慕容复高考前总是失眠给她发信息，她每天晚上都不敢睡觉等着给慕容复回短信，慕容复过生日她用打工的钱给他买了一双篮球鞋，慕容复没有朋友班级投票选三好学生的时候王语嫣腆着脸去帮他拉票，王语嫣打工供自己上学，不敢买好看的衣服和化妆品，毕业聚餐的时候木婉清搂着她的肩膀叫她王木头。

王语嫣一直拼命睁大眼睛，但还是没有忍住眼泪。她上前一步，狠狠地扇了慕容复一个耳光。

慕容复愣住了，梦姑愣了一会儿，好像明白了什么，她也狠狠地扇了慕容复一个耳光：“骗子！”

9

王语嫣跟段誉再次碰到慕容复和阿碧，已经是五年以后了。

冬季的北京天黑得早，段誉的车今天限号，王语嫣说想出门走走，走到小区门口，忽然被一辆小三轮撞了一下，王语嫣还没反应过来，对方已经破口大骂：“你他妈走路没带眼睛啊？”

王语嫣惊诧地抬起头，她太熟悉这个声音的主人了。那人看到王语嫣，愣了一下，露出一丝窘迫的表情，但看到急急忙忙赶过来的段誉，眼神忽然凶狠起来。

“我就知道你们两个人早有一腿！”那人说。

段誉想开口说点儿什么，被王语嫣拦住了，王语嫣看着眼前的人和他身后三轮车上烤红薯的大铁桶，问：“夏天卖什么呢？”

“凉粉。”站在那人身后的阿碧回答。

“哦。”王语嫣轻声说，然后笑了，“天热的时候，大家喜欢吃凉的，天冷的时候，就喜欢吃热的，你终于开始考虑别人需要什么了。”

“这不是常识吗？”阿碧说，“哪个夏天里吃地瓜冬天里吃凉皮哦，这样做买卖要亏死的哦。”

“嗯。”王语嫣轻声地说，“是的呀。做生意的人最不容易了，时时刻刻都要想着顾客需要什么，这样才能把东西卖出去。”

然后王语嫣把头转向那人：“你知道我想要什么吗？”

那人眼中的凶光微弱了一些，王语嫣笑了，她还是像以前一样温柔，或者说是比以前更温柔地说：“没关系，你知道阿碧要什么就好了。”

10

段誉其实并不知道王语嫣在慕容复身边都经历过什么，王语嫣也从来没有对他说过。木婉清偶尔含糊其词几句，也无非是“段誉你小子终于追到美人了可不要始乱终弃”。

王语嫣其实也不知道段誉是怎样养成了现在这样的气质和品行，段誉也从来没有特别说过，他好像并不觉得自己有什么过人之处。

王语嫣跟段誉结婚之前，跟木婉清谈过一次。

“你觉得段誉会变心吗？”
“不会。”
“为什么呢？”
“姑奶奶这样貌美如花前凸后翘，他追了几年都没追到，他还能对谁动心？”
“……”
“我跟你开玩笑的。”
“那……”

“有的人吧，他可以选锦衣玉食，也可以选粗茶淡饭，可以选咖啡红酒，也可以选白开水，这样的人，他说喜欢喝白开水，那就是真的喜欢喝白开水。有的人，买不起锦衣玉食，选不了咖啡红酒，他说喜欢喝白开水，但是哪天你哪怕在他面前放一排可乐，他都会扔掉那杯白开水，你明白吗？”

“你说我是白开水？”

“你哪是白开水啊。”木婉清露出一个嫌弃的眼神，“你明明是块木头。”

你是谁的程灵素，谁是他的袁紫衣

Who belongs to you，who does he belong to?

1

程灵素接到胡斐电话的时候，正在图书馆上自习。“灵素灵素，大后天考试了，你那里有没有重点或者讲义或者其他什么资料？”胡斐心急火燎地问。

“有的啊，”程灵素说，“你要吗？我给你复印一份。”

“欸，好的好的。”胡斐满心欢喜地说，“太好了，我就知道你一定有办法的，哈哈。”

挂掉电话，程灵素回到自习室，把书包收拾好，准备回宿舍。又要给胡斐整理资料了啊，电脑没带出来，还是先回去再说吧。

这门课程的老师是著名的四大名挂之一，怎么可能给重点？好在程灵素学习成绩好，笔记做得也勤快，整理出一份考试资料还是很容易的。

程灵素花了一个晚上的时间把所有的知识要点整理好，第二天一早打印出来带给胡斐："你要突击的话，基本上把这些东西都掌握了考试就不是问题了。"

"啊，哈哈，好的，"胡斐笑着说，"程灵素你真是太好了！谢谢你，改天请你吃饭。"

程灵素笑了笑："不用这么客气，应该的。"

程灵素跟胡斐是开学的时候认识的，她一个人大包小包地来报到，大概是面黄肌瘦的样子太让人同情了，胡斐都没问跟她是不是同学就自告奋勇帮她搬行李，一路跟着她报到、领宿舍登记表和钥匙，帮她把行李搬上五楼，也没留个名字就走了。直到开学之后，程灵素才发现原来胡斐跟自己是同班同学。

胡斐长得人高马大，打得一手好篮球，在新生篮球赛中赢得不少喝彩，但是不爱学习，程灵素经常看到他在课堂上趴着睡觉。

2

程灵素是班长，平时负责帮辅导员传达系里的通知。她也不知道为什么大家会选自己，但是既然已经这样了，那就好好完成工作吧。

程灵素刚当上班长就碰到一件棘手的事情。胡斐跟隔壁班的人打架，被派出所的人带走了。

程灵素跟辅导员匆匆赶到派出所，把胡斐带出来，辅导员少不得教育胡斐两句，类似于念在他是新生，这次的事情就不往上面报了，要是下次再犯，不仅不来捞他，系里也要处分他。

胡斐梗着脖子不说话，程灵素悄悄地拉了拉他的袖子，胡斐皱着眉头甩开她，动作太大，辅导员也看到了，程灵素一下子觉得十分尴尬，脸憋得通红。还是辅导员打了圆场："你们赶紧回去上课，这件事情不要声张，闹大了对谁都没有好处。明白吗？"

"知道了。"程灵素小声地回答。

没有了辅导员，胡斐的态度稍微缓和了一点儿："程班长，真是辛苦你了，还要让你跑一趟，辅导员教训你没有？"

"没有。"程灵素笑着说，"打架的又不是我，怎么会教训我呢？"

"那就好。"胡斐说，"我刚才还担心拖累你了，没教训你就好。"

"我没事的。"程灵素说，"倒是你，有没有伤到哪里？"

"没有。"胡斐咧嘴笑了，他脸上有一块小小的擦伤，不过似乎并没有对他造成影响，"不过隔壁班那个孙子就不行了，嘿嘿。"

"发生了什么事啊？"程灵素问，"为什么要打架？"

“就是那个王×，”胡斐说，“骚扰我们班袁紫衣。”

“哦，”程灵素明白了，“袁紫衣啊。”

袁紫衣是程灵素他们班的班花，同时也是系花。早在军训的时候就有别的班的男生故意跑到程灵素他们班来，就为了看一眼袁紫衣，给她写情书的人更是数不胜数。

“胡斐喜欢袁紫衣也是很正常的事情吧。”程灵素想，“毕竟袁紫衣那么漂亮，又会打扮，身材又好。不像我，从小瘦骨伶仃的，都上大学了还像一个没有发育的小学生。”程灵素叹了口气，胡斐是不会喜欢自己的啊，这应该是第一次见面的时候就已经确定的事实啊，为什么自己竟然有一点儿不甘心和舍不得?

3

胡斐当然不知道程灵素对自己的情愫暗生，或者说他有所察觉，但是不愿意承认和面对这件事情。程灵素对班里其他的男生都冷冷的，唯独愿意跟胡斐说话，跟他关系也亲近。有时候夜里卧谈，室友跟胡斐开玩笑：“我们程大班长看上胡斐了，你小子就要成为我们班第一个脱单的人了。”胡斐从来不回答，他知道大家是在跟他开玩笑，大家也都知道，胡斐喜欢的人是袁紫衣。

尽管胡斐从来没有表白过，但是像他那样一根筋的人，是很难藏得住自己的心事的。他每节课都要坐在袁紫衣的后面，上课的时候就支着下巴看袁紫衣的背影，上体育课的时候给袁紫衣买水，有的时候赶上下课高峰期食堂人满为患，胡斐还会给袁紫衣占座。

追求袁紫衣的人那么多，她却对胡斐青眼有加，虽然没有特别亲密，也总好过对大多数人的爱答不理。有的时候胡斐几乎要确定袁紫衣也是喜欢自己的，只是出于女孩子的矜持不好主动挑明。胡斐决定，等这个学期结束，自己代表学校参加篮球赛拿到奖项，就向袁紫衣表白。

4

考试那天，程灵素很早来到教室占座，因为前一天胡斐特地给她打电话，说希望能够坐在她身边。“我不能挂科。”胡斐说，“如果我挂科了，学校就会取消我的校队参赛资格。”

“好的。”程灵素说，“我知道了。”

“灵素你真是太好了。”胡斐说，“我认你当妹妹吧，以后你在学校里有什么事情，有人欺负你，你都来找我，哥哥罩你！”

“不用了啊。”程灵素说，“别这么客气，我没什么事情的。”

程灵素坐定之后，看到了袁紫衣，袁紫衣穿着漂亮的裙子，踩着高跟鞋踢踢踏踏地走过来，坐在程灵素的身边。“哦，这里有人了。”程灵素笑着跟袁紫衣打招呼。

“啊？是胡斐吗？”袁紫衣笑着对程灵素挤了挤眼睛说：“那让

他坐在你另一边不就好了吗？没关系的啊。”

“好吧。”程灵素不再挣扎，“就这样吧。”然后她看到袁紫衣从包里掏出一沓资料，程灵素瞄了一眼，跟自己给胡斐的那份内容完全一样。

袁紫衣看到程灵素在看她的资料，大方地把材料递给程灵素：“你要不要看看，我觉得这份资料还蛮有用的，比光看书复习管用多了。”

“不用了。”程灵素笑了笑，“谢谢你，我看书就好了。”

原来是这样。程灵素苦笑了一下。不过，这应该也是意料之中的事情吧?

5

直到铃声响起来的一瞬间，胡斐才急急忙忙地跑进教室，他甩开书包坐到程灵素身边，满头大汗地冲程灵素笑了一下。程灵素对胡斐回了一个笑容，然后开始低头做试卷，都是主观题，难度还是挺大的，她不禁替胡斐捏了把汗。

程灵素写了一会儿，忽然听到一个陌生的声音：“同学，把你抽屉里的东西拿出来！”

她抬起头，看到巡监老师站在离自己不远的地方看着胡斐。胡斐没有动。

巡监老师又说了一遍："同学，把你抽屉里的东西拿出来。"程灵素朝左边看了一眼，抽屉里有一沓资料。胡斐还是没有动。

"同学，你要我亲自动手吗？"巡监老师有点儿不耐烦了。考试的同学们纷纷抬头看向这边，发出窃窃私语，甚至有人见缝插针掏出自己的小抄飞快地抄了几笔。

"老师，那个是我的。"程灵素也不知道哪里来的勇气，脑子一热就说出了这样一句话。胡斐有些惊讶地转过头来看着程灵素。老师也有些吃惊，他看了看胡斐，又看了看程灵素。

"这个是我的。"程灵素从桌斗里把胡斐的资料拿出来，交给巡监老师。巡监老师接过资料，又拿走程灵素的试卷，两张纸对比着瞄了几眼，像是相信了她的话，抄下了程灵素的班级和学号，把试卷还给她，走了。

程灵素叹了口气，一抬头，看到讲台上的监考老师用一种充满怜悯的眼神看着她。她低下头继续答题，答完题之后，程灵素故意把试卷放在了左边靠近胡斐的位置，然后一言不发地趴在桌子上，慢慢地闭上了眼睛。考试结束之后，老师前脚刚走，胡斐后脚就拉住程灵素："我请你吃饭！"

"为什么呢？"程灵素偏过头问胡斐。

"刚才多亏你了啊。不然我被巡监逮到就惨了，肯定要取消我的比赛资格。"胡斐说，"考试题目我都不会，还好有你在。"

"别这么客气。"程灵素淡淡地笑了笑。

6

胡斐比赛那天，程灵素没有到现场，这让他感到有些惊讶。他问队友：“有没有看到程灵素？我专门给她留了座位的。”

“就是那个老来看咱们训练的小姑娘吗？”队友说，“没看到啊。”

胡斐看着自己特地给程灵素留的那个空座位，没有人。他之前给袁紫衣留了座位，但是袁紫衣说要跟闺密去逛街，不能来看比赛，他就又给程灵素打了电话。程灵素明明答应了他会来。但是现在那个座位空着。

看来程灵素也有事要忙。胡斐叹了口气。算了，那就这样吧。

一直到比赛结束，胡斐才收到程灵素的短信：“结束了吗？比分多少？”

胡斐把电话拨过去：“你怎么不来看比赛啊？”

“我退学了啊。”程灵素淡淡地说。

“为什么退学？”胡斐吃了一惊。

“我们学校的规矩是这样的，被抓到作弊的学生是拿不到学位证和学历证的。”程灵素说，“我现在才大一，反正也拿不到两证了，准备退学回来，重新考一年。”

“啊？我怎么不知道……”胡斐吓了一跳，刚想说点儿什么，就被队友拉过去庆祝比赛胜利了。程灵素拿着手机静静地听了一会儿，挂掉了电话。

当天晚上十一点多的时候，袁紫衣接到了胡斐的电话。

“袁紫衣，我喜欢你。”胡斐似乎喝高了，像是在用力把这句话喊出来，“做我女朋友吧！”

“对不起。”袁紫衣说，“我们还是做朋友吧。”

胡斐愣了一下，然后他爽朗地笑了：“哈哈，没关系，袁紫衣，我不会放弃你的！”

袁紫衣坐在床上，看着对面空空的铺位，那里原本住着程灵素，但是现在程灵素退学了，她的对床干净整洁，空无一人。“我困了。”袁紫衣说，“有什么事情明天再说吧。”

7

挂掉胡斐的电话，袁紫衣给程灵素打了个电话。

“喂？”电话那头响起程灵素的声音，袁紫衣忽然不知道说什么好了，“喂？袁紫衣？”

“程灵素，”袁紫衣说，“胡斐刚刚给我打电话了。”

“我猜到了，”程灵素说，“他们今天赢球了，他一定会给你打电话的。”

“程灵素……”袁紫衣想说点儿什么，但是又觉得自己没有立场说。

“没关系的。”程灵素说，“我一直知道胡斐喜欢你啊，而且，他喜欢你也很正常吧，如果是喜欢我，才是不正常的啊，哈哈。”

“程灵素……”袁紫衣刚一开口，就又被程灵素打断了。

“我没关系的。”程灵素说，“回来重新考一年，也许会有一个更好的起点呢。胡斐这个人心肠很好，就是有点儿傻，因为他还年轻啊，你要给他点儿时间。”

“你这样……”袁紫衣有些迟疑地开口，“为了胡斐，真的值得吗？”

“我不是为了胡斐，”程灵素说，“我是为了我自己。我想，我应该对得起那个喜欢胡斐的自己了。所以以后，我就不会再喜欢他了。我知道的，再怎么努力，我都只是程灵素，就算你什么都不做，你也是袁紫衣。所以我给自己一个重新开始的机会，也许这一次，我遇到的就不是胡斐了。”

“袁紫衣，”程灵素最后说，“不要为我觉得可惜，我并没有觉得遗憾。”

黛玉终究是要被辜负的

Youth's Love Is to be Betrayed

1

林黛玉坐在咖啡厅里，焦灼地等待着薛宝钗。自从收到薛宝钗的短信，她就一直处于一种脑子二十四小时连轴转的状态，到现在已经一天半了，觉也睡不好，饭也吃不好，心心念念盘算着薛宝钗那条并不长的短信。

“后天下午两点，南国假日，我们谈谈。”

林黛玉把这条短信翻来覆去地念，翻来覆去地想，但是薛宝钗这条短信透露的信息太少了，她完全猜不出薛宝钗给她发这条短信的时候，到底是个什么心情。

这让她觉得心慌。

离两点钟还有十五分钟，林黛玉掏出小镜子，端详着自己的脸，粉底均匀，两条眼线也画得精确，眉毛是特地去修过的，整齐到甚至不需要再用眉粉，但是谨慎起见，她还是淡淡地扫了两笔，让自己看起来更精神。口红的颜色是专门跟衣服搭配的。在林黛玉的世界观里，输什么不能输气势。从小到大，她都活得众星捧月，长得好看，学习成绩也不错，工作之后更是顺风顺水，一辈子没有受过什么挫折。

“这么多年来我得到过多少荣誉啊，有多少人羡慕我啊，”林黛玉这样想着，“凭你薛宝钗是谁，最多跟我打个平手，休想赢得了我。”

她把在心里打好的腹稿又温习了一遍，等会儿见到薛宝钗的时候好从容应对。她模拟了无数遍，薛宝钗可能说什么，她应该怎么回答。尽管只有一天半的时间，尽管她跟薛宝钗从未见过面，但是她们两个人已经在她脑海里交锋了无数次。

2

薛宝钗在林黛玉对面坐下来，一边微笑一边说：“不好意思，路上堵车，让你久等了。”她轻轻地把车钥匙放在面前的桌子上。

她看到林黛玉眼中闪过一丝惊讶。

服务员走过来，递上菜单，薛宝钗接过菜单，随手翻了两页，又把菜单递给林黛玉，说：“你随便点。”又转过头温和地对服务员说：“你给我们推荐一些特色吧。”

服务员妹子果然指着菜单开始给林黛玉讲解起来，林黛玉不得不勉强敷衍服务员，目光在菜单上游移着。

薛宝钗就在这个时间段里，默默地把林黛玉从头到脚打量了一遍，齐刘海梨花头，戴了美瞳，化了妆，但是挡不住黑眼圈，粉饼的颗粒不够细致，以至于有一些浮在脸上，仔细看的话会发现眼皮有点儿肿，应该是哭过。口红、衣服、鞋子的颜色都很搭，但是上衣和裙子的材质不一样，从鱼嘴鞋前面露出来的脚指甲没有涂指甲油，有点儿发黄。

薛宝钗紧绷着的后背有了一点儿放松，眼前这个林黛玉跟自己想象的差不多，追求外在的完美，有姿色，但是不够大气。毕竟，哪个大气的姑娘会回头拼命当前男友的小三儿呢？不过，男人大概都会喜欢这样的姑娘，看着舒服，而且也好哄。

如果不是林黛玉主动找她，薛宝钗是不会知道这个人的存在的，贾宝玉从来没有对她提起过林黛玉，就像从不认识这个人一样，直到有一天她收到一封莫名其妙的邮件。

前天那封邮件只有寥寥数语，言简意赅却石破天惊：“宝玉爱的是我，他对你没有爱情，你还是退出吧。”

薛宝钗愣了一下，关闭了页面。她闭上眼睛，努力地回忆了一下跟贾宝玉认识以来的点点滴滴，一直觉得哪里不对劲儿，现在忽然想明白了，贾宝玉从来不提过往情史。不说有，也不说没有。

贾宝玉推门进来，问：“宝钗，想什么呢？”

“欸？没什么。”薛宝钗对贾宝玉露出一个微笑，“我试试刚才在网上看到的冥想教程，看看是不是真的能神游。”

“你真是越来越高端了。”贾宝玉走过来，俯身从椅子背后环抱住她的脖子，“都开始冥想了，别哪天成仙了。”

“我去当什么仙？”薛宝钗笑着说，“慢半拍之仙，掌管天下所有慢半拍的少年吗？”

“你哪里慢半拍了？”贾宝玉问，“明明这么聪明。”

“我一点儿都不聪明啊。”薛宝钗一边摩挲贾宝玉的手，一边说，“有好多事情啊，别人不提醒我，我就不知道。”

3

林黛玉根本没听进去服务员说什么，相反，她有些讨厌这个姑娘的喋喋不休让她无暇他顾。等服务员终于介绍完了，她匆匆指着菜单上的某个名字，说：“就这个吧。”

服务员低头记下，又转向薛宝钗：“请问您要点什么？”

“给我一杯冰拿铁。”薛宝钗微笑着对服务员说，“谢谢你。”

林黛玉这才有空打量薛宝钗，眼睛大大的，素颜，穿着也并不是很精心。切，她在心里冷冷地笑了一声，还以为贾宝玉找到了多么天仙的一个宝贝，原来也不过如此。这样一来，她焦灼的情绪终于有了一丝放松。薛宝钗看着她的眼睛。林黛玉率先开了口："你想找我谈什么？"

如果薛宝钗回答谈谈贾宝玉，她就可以自豪地告诉她："谈也没有用，我跟他在一起五年的时间是你们这五个月所完全不能比的。"或者薛宝钗问她究竟是谁，为什么发那封邮件，她同样也可以自豪地告诉薛宝钗："我就是贾宝玉最爱的那个女人，我想让你知道你完全不能跟我对抗。"等等等等。

她之所以先发制人，问薛宝钗要聊什么，为的就是让自己所拟的与薛宝钗的对话按照自己的设定进行下去。但是薛宝钗只是端坐着，不动声色地对她说："谈什么都可以，你随意。"

这样一来，林黛玉反而傻了眼，她愣了一下，说："我就是林黛玉，你应该听贾宝玉说过吧？"

"没有。"薛宝钗说，"贾宝玉从来没提起过你，还是他一个哥们儿告诉我的。"

尽管这个开头跟林黛玉设想的并不一样，但是好歹她也可以接下去了："哦，是×××吗？我们关系很好的，那你知不知道，我跟贾宝玉在一起五年了。他刚刚参加工作的时候我就跟他在一起，是我陪着他奋斗和打拼的，他一直特别爱我，除了我，他不可能爱上别人。他对你根本不是爱情，你知道吗？"

"我知道啊。"薛宝钗很淡定地回答了她的问题，并且反问了林黛玉一句："他跟你已经分手了，你知道吗？"

4

薛宝钗跟贾宝玉是家里介绍认识的。母亲提到贾宝玉的时候，说的都是外化的条件，比自己小一岁，某公司的小头目，家庭殷实，有车有房，是不错的人选。

薛宝钗自己也算是名校毕业，有车有房，虽然没有进本专业的龙头行业，但是在二级公司做得也很好。事业发展得差不多了，难免谈婚论嫁，母亲从小含辛茹苦把自己拉扯大，自己已经这个岁数，实在不应该再让她操心了。

薛宝钗跟贾宝玉的相亲地点就是南国假日，贾宝玉的确像母亲描述的那样一表人才，但是一点儿都不气宇轩昂。

“是个很聪明的人呢。”薛宝钗心里想着，“这个男人对现实有着很清醒的认识，工作规划也很明确。而且看得出来，他对文学和艺术也有一些涉猎。”

当贾宝玉询问薛宝钗“薛小姐我可以抽烟吗”的时候，薛宝钗笑着点了点头，但是心里忽然想问：“这是谁教你的？”

薛宝钗已经二十七岁了，直到现在她才知道，自己二十二岁大学毕业之后工作的这五年里，贾宝玉就是跟眼前这样一个姑娘在一起。就是这个姑娘教会了贾宝玉作为一个男朋友所应该具备的一切。

但是如今贾宝玉跟她分手了，不仅分手了，还迅速地跟相亲认识的自己在一起了，难怪这个姑娘这么执着。这么多年的付出与陪伴，搭上的是自己人生中最美好的五年，结果却变成一场无疾而终。

“如果换成我，会不会也像这个姑娘一样？”薛宝钗问自己。

5

林黛玉被薛宝钗一句话噎住了，她有那么多的故事可以讲，他们在一起整整五年，但是薛宝钗只是淡淡地反问了一句：“他跟你已经分手了，你知道吗？”她就愣住了。

说实话，她跟贾宝玉也不是第一次分手，过去这五年，他们两个人分手的次数太多了，每一次都是贾宝玉低声下气地哄她开心，给她买花买好吃的买小礼物，给她铺好台阶等她高抬贵腿。她原本以为这一次也是一样的，像贾宝玉那样的人，怎么可能离开她呢？更不要说刚跟她分手就找到了新的女朋友，这是绝对不可能的事情啊。

“就算我们分手了，他也不会爱你的。”林黛玉说。

“你又不是贾宝玉，你怎么知道他怎么想？”薛宝钗继续反问。

“他对我说过的，一辈子只爱我一个人！”林黛玉有点儿着急，音量也提高了一些，服务员把她们各自的饮料端过来，放在桌上，显然也听到了她的这句话，忍不住好奇地看了林黛玉一眼，林黛玉有点儿脸红，但她还是恨恨地看着服务员。

薛宝钗不说话，只是似笑非笑地看着林黛玉，等服务员妹子走了，才悠悠地说："你都二十五岁了还相信男人说的情话呢？"

"难道他是骗我的吗？"林黛玉感觉到自己输了头阵，抿了一口饮料，问薛宝钗，问出这句话的时候她觉得自己有点儿愚蠢，这明明是自己的情敌，为什么要问她这种问题？

"爱不爱这种事情对于我来说不重要啊。"薛宝钗淡定地说，"成年人之间的关系哪有那么多爱来爱去、海誓山盟的，那些都是小朋友过家家玩的东西。我要的只是陪伴。"

林黛玉睁大了眼睛。显然薛宝钗的话让她觉得不能接受，今天这一次碰面超出了她的大脑思考能力之外。她过去觉得两个人在一起必须要有很深的爱情，就像她跟贾宝玉那样，她也并不觉得她跟贾宝玉相处的模式有什么问题。停了一会儿，她对着薛宝钗露出一个不屑一顾的表情，说："你这么现实，根本不配谈爱情。明明不爱还要在一起，你真是一点儿尊严都没有！"

6

薛宝钗一直冷静地看着林黛玉，她觉得自己就像看着一个无理取闹的小妹妹，不愿意对她怎么样。因为她觉得林黛玉就像过去的自己，直到林黛玉死不悔改地说出那句"你真是一点儿尊严都没有"。

就连林黛玉这样一个沉溺于爱情的高龄少女都一眼看出来了，她一点儿尊严都没有。

但是尊严来自哪里呢？这些年来，自己挑挑拣拣，想要找一个能够与自己分享人生的伴侣，最后把自己剩下，让母亲面对邻里们“你女儿什么时候结婚”的尴尬问题，让自己面对每一个情人节普天欢庆的时候独自宅在家中看电视剧，每一次看到别人一家三口其乐融融的时候都难免暗自神伤，这样的生活，就真的有尊严吗？

在跟贾宝玉相亲的时候，薛宝钗不是没有犹豫过，她知道眼前这个男人并没有能够让她甘心臣服的能力，但是如果要共度余生，起码也能够让她毫无怨言。好像过了二十五岁之后的这两年，自己真的在不由自主地妥协了。当她妥协到某一个点的时候，贾宝玉又刚好抵达了这个点。

那就这样吧。

“你看上贾宝玉，不过是因为他现在有房有车，而且工作也有上升空间。”林黛玉说，“但是在他一无所有的时候，是我陪着他的。我们两个人省钱交房租的日子，还有两个人吃一份盒饭的日子，你都没有经历过。你是不可能进入贾宝玉的内心的。我舍不得贾宝玉，是因为舍不得我跟他之间的感情，你舍不得贾宝玉，只不过是舍不得他的钱和地位。我最看不起的，就是你这样的女人。”

薛宝钗瞄了一眼咖啡，冰块还剩一半。她刚刚之所以点冰咖啡，就是因为万一需要泼人的话，不必担心烫伤给自己带来治安或者刑事麻烦。薛宝钗把原本交叉叠放的腿放下来，把身子从沙发里往前挪了挪，凑近林黛玉，一字一顿地说：“你一个过了期的前女友跑回来当小三儿，你跟我说看不起我？”

薛宝钗看着对面姑娘的脸色灰暗下去，她又回到之前那个舒服的姿势："你自我感觉也未免太好了吧？"

林黛玉没有说话，又喝了一口面前的果汁。

"过去五年，你除了跟贾宝玉谈恋爱之外一事无成，到现在都还只是个普通的小职员，交完房租之后剩下的钱，只能勉强维持生活，朋友同事结个婚什么的你都要为份子钱懊恼半天。你这样的人，有什么底气和资格追求真爱？"

林黛玉没有说话，继续喝果汁。

薛宝钗并不管林黛玉答不答话，她抬头看着林黛玉："你对我一点儿都不了解，你哪里来的底气？你自信心这么膨胀，不怕出事吗？"

林黛玉似乎也被激怒了，她放下手中的饮料，恨恨地看着薛宝钗："你能有多厉害，就你这副长相，谁看得上你啊？"

薛宝钗当然生气了，人的怒点很奇怪，最原始和最单纯的攻击方式，往往最能够伤人。林黛玉一直像个小孩子一样，拼命地攻击薛宝钗，薛宝钗则对一切了如指掌似的端凝如水。但是人性的复杂之处就在于，明明知道对方使用的是最低级最无脑的攻击方式，还是会像炮仗一样一点即燃。

薛宝钗没有回答林黛玉，只是顺手端起面前的冰拿铁照着林黛玉的衣服泼了过去。林黛玉愣了一秒，等她反应过来准备还击的时候，才发现自己点的是像肯德基的可乐那种带盖子插吸管的果汁，而且已经在刚刚的唇枪舌剑中被自己喝得只剩下冰块。

薛宝钗看着林黛玉的表情从惊讶到懊恼，愉快地笑了。

“希望你自重。”薛宝钗扔下这句话和大脑短路的林黛玉，拿起钥匙拎着包，大步流星地走了。

7

林黛玉想抓住薛宝钗，但是她穿了十二厘米的高跟鞋，对方却穿着平底鞋健步如飞，连账都没有结就走了。

吧台那边的服务员虽然低着头在忙，但是眼角的余光一直在往这边瞥，林黛玉知道服务员一定在心里给自己和薛宝钗做了各种各样的设定，说不定已经脑补完成了一部家庭狗血伦理剧。

林黛玉没有办法，低头从包里翻出一包纸巾去擦胸前的咖啡。薛宝钗真是聪明，不泼脸，只泼衣服，自己挑了所有衣服里面最贵的这一件，沾上这么大的一块咖啡渍，恐怕再也不能穿了。

林黛玉又等了一会儿，衣服上的咖啡渍风干了五成，她终于鼓起勇气叫来服务员埋单。服务员妹子看着林黛玉衣服上的咖啡渍，全程似乎都在尽全力忍住不要看她。最后终于忍不住问：“小姐，我这里有一件衣服，要不然先借给你换一下？”

“不用！”林黛玉没好气地说，“要你管？”

她抓起包，匆匆地走出咖啡店，拦下一辆出租车，落荒而逃。坐在汽车的后座上，林黛玉揉了揉太阳穴，开始给贾宝玉打电话。电话响了三声，对方接了起来：“喂？”

“是我。”林黛玉才说了两个字，就忍不住哭起来。

对面愣了一下，然后问：“怎么了？”

“你到底爱不爱我？”林黛玉问。

“爱啊。”贾宝玉回答，“你怎么了？”

“那你为什么要跟薛宝钗在一起？”林黛玉追问。

“我跟你说过的啊，”贾宝玉说，“我们两个人真的不合适，薛宝钗更适合我。”

“可是如果真的爱一个人的话，根本就没有什么合适不合适的。”林黛玉说，“也根本没有什么被现实打败这样的话，我跟你在一起五年了你才对我说不合适，这五年里也不是没有别人追过我，我都一直跟着你，你什么都没有的时候是我陪着你的，我嫌弃过你什么？现在你有钱了发达了，嫌我跟你不合适了？”

“我没有嫌你，”贾宝玉说，“但是我觉得我们两个人真的不合适，我跟薛宝钗在一起比较轻松和开心一些。”

“那你为什么说爱我？”林黛玉问，“你说爱我，却不跟我在一起？”贾宝玉没有说话。

“好吧。”林黛玉说，“我知道了。”她停了一下，然后说：“我刚才跟薛宝钗见面了。”然后把电话挂了。

8

薛宝钗大步流星地从咖啡店走出来，一气呵成地开车门，踩离合，挂挡，松手刹，踩油门。一直到开过两个红绿灯，后视镜里再也看不到南国假日，薛宝钗才把车靠边停下，趴在方向盘上痛哭起来。

这个时候贾宝玉的电话打过来，薛宝钗接起来。

“你在哪里？”贾宝玉问。

“林黛玉给你打电话了？”薛宝钗问。

“她那人脾气不好。”贾宝玉说，“她跟你说什么了？”

“没说什么。”薛宝钗说。然后两个人陷入了尴尬的沉默。

“你别这样啊。”贾宝玉说，“你跟我说说话，你说句话吧，你别这样，我跟她真的不可能了，你不要相信她说的话啊。”

“我没事。”薛宝钗说，“真的没事，你别上班的时候给我打电话，你先回去忙吧，等下班再说。”挂掉电话，薛宝钗用手抹了抹脸，笑了笑。这场两个人的战役，赢的人终究是她。尽管实际上，她们两败俱伤。

薛宝钗从南国假日出来的时候还是下午，她开着车在城市里兜了一圈又一圈，从夕阳西下兜到暮色四合。等她到家的时候，天已经整个黑了下来。薛宝钗摸黑打开家门，开灯，换上拖鞋，系好围裙，走进厨房打开冰箱，开始淘米、煮饭、炒菜。

三十分钟之后，她听到房门响了一声，是贾宝玉回来了。他像平常一样走到厨房里来，但是今天不同的是，他从后面抱住了薛宝钗。薛宝钗把他的手拿开，说："别闹，做饭呢。"

"我想跟你在一起。"贾宝玉说。
"我知道。"薛宝钗说。

9

林黛玉很快有了新的男朋友，家人介绍，相亲认识。林黛玉把相亲地点选在南国假日，恰好就是之前她跟薛宝钗坐过的那一桌。

对方比她大五岁，也算是事业小有成就，林黛玉端坐在咖啡桌的对面，礼貌而又直接地跟对方讨价还价：房子多大，车子怎么样，每个月工资多少，对未来的生活有什么规划和期待。

来相亲的男人彬彬有礼地回答着林黛玉的一系列问题，却没有逼问她什么。还不错啊，林黛玉想，条件也不比贾宝玉差，除了没有自己付出过的那么多年感情，跟贾宝玉不相上下。自己为什么这么愚蠢，明明轻易地就能够找到一个跟现在的贾宝玉一样的人，却浪费了五年青春，把五年的时光耗费在吵架、和好、忍受贫穷这种事情上。

最后不仅一无所有，还被薛宝钗泼了一杯咖啡。

那一杯咖啡的耻辱永远记在她心上，并且决意要找个机会讨还回来。林黛玉准备跟现在的男朋友结婚的时候，特地给贾宝玉和薛宝钗发了请帖。

林黛玉的几个闺密听说薛宝钗约她出去又泼她咖啡的事情之后，纷纷表示："薛宝钗这个腹黑的小贱人，如果她胆敢跟贾宝玉一起来参加你的婚礼，姐妹们一定要她好看，给你报仇！"

所有的人都对这场婚礼充满了期待，更准确地说，是对林黛玉和薛宝钗的交锋充满了期待。林黛玉迫不及待地想要看到贾宝玉和薛宝钗得知她嫁了一个更好的男人之后的表情，也迫不及待地想要在婚礼上给薛宝钗难堪，让她明白谁才是真正的赢家。

但是林黛玉和闺密们从婚礼开始，一直摩拳擦掌地等到婚礼结束，贾宝玉和薛宝钗始终没有露面。

比爱更贵的

Things More Precious Than Love

1

王熙凤找到尤二姐的时候，费了老大劲儿才把房门敲开。尤二姐前一晚出去通宵唱歌，刚回来睡了没几个小时，头发乱乱地就来开门，看到王熙凤和平儿的时候，尤二姐下意识地就要关门："你们找错了吧？"但是王熙凤眼疾手快地推住房门："是尤小姐吗？"

"你才是小姐！"尤二姐还没来得及答话，坐在屋里的妹妹尤三姐先开了口，"会不会说话，信不信姐姐削你！"

王熙凤欠着身子往屋里张望了一眼，看见一个跟尤二姐长得有三分像的姑娘，还穿着高中生的校服，正坐在客厅里看电视。

"呃……"尤二姐有些尴尬，赔了个笑脸，问王熙凤："请问您找谁？"
王熙凤顺势把尤二姐家的门推开："我呢，就是贾琏的太太。"

趁着尤二姐还没反应过来，王熙凤鞋也不换，大步流星地走进屋里，坐到了沙发上尤三姐的旁边，但目光还是没有离开尤二姐的脸："这是你妹妹？小妹妹够厉害的啊。"

尤二姐匆匆关上房门，转身面对着王熙凤，但是她显然还没有想好要说什么，就那么直勾勾地看着这个传说中的母老虎。王熙凤笑得倒是一团和气。"妹妹怎么不跟我说话呢？是不是贾琏跟你讲我坏话了？"见尤二姐还是不答话，王熙凤笑得更真诚了，"他是不是跟你说我特别凶特别不讲理啊，还说我管他管得特别死，不给他钱花？是不是还说跟我根本没什么共同语言？"

尤二姐这才露出一点儿惊讶的神色。

2

王熙凤是听贾琏的助理透的口风，说是总经理在外头包了个小姑娘。王熙凤本来没把这事放在心上，男人嘛，难免逢场作戏拈花惹草，况且贾琏有钱有貌，三十出头就已经事业有成，正是那些二十不到的小姑娘心尖儿上的人，就算他自己不动歪心思，也有成群的狂蜂浪蝶往贾琏身上扑，何况贾总本身就不是个省油的灯。

但王熙凤还是让自己的助理平儿抽空去查了查贾琏这次搞了哪里的小姑娘，以防将来出了事还得自己出面替他料理。这一查不要紧，平儿忽然就查出来贾琏已经包养了尤二姐三年，三年里差不多在尤二姐身上花了一百万。

一百万啊。王熙凤忽然就不淡定了，这三年来贾琏给她和女儿买的东西寥寥无几，家里的大件电器也都是用她的薪水添置的，尤二姐一个还在上大学的小姑娘，三年里就花了他们家一百万。王熙凤揉了揉太阳穴，给李纨打了个电话。

李纨是王熙凤的堂嫂，贾琏堂哥早年忽然得急病去世，王熙凤看李纨一个人带孩子可怜，时常接济一下她，两个人关系还算不错。“嫂子，你说这个事情怎么办？”王熙凤问。

“这能怎么办啊？”虽然隔着电话，王熙凤也能想象出李纨满脸愁容的样子。

“你说这事要不要跟妈说？”王熙凤拿不定主意，婆婆本来就不喜欢她，这件事情要不要闹大她自己也不知道。

“这……”李纨的声音和往常一样懦弱而又温柔，“我也不好说，这事你确定了吗？可别冤枉了贾琏啊，他们做生意难免要接触些小姑娘，你也是女强人，知道应酬上有些东西是少不了的，夫妻生活啊，还是要相互体谅，我跟你哥哥过了也就那么点儿时光，好多事情等我明白了，他人都不在了，你啊，还年轻，又有事业，日子过得这么好，可不能……”

“嗯嗯。”王熙凤有点儿不耐烦地打断李纨，她根本没有工夫听李纨说什么，就在刚刚的一瞬间，她已经做了两个决定。

首先，她得去见见尤二姐；然后，她得给自己找个律师。

3

尤二姐还有一个月才大学毕业，但是已经在高级公寓里面住了快三年，房子是贾琏租的，月租四千，并不算特别高档的房子，但是够她和尤三姐两个人住了。

其实尤二姐在认识贾琏的时候是有男朋友的，尤二姐的前男友叫张华。两个人是邻居，从小青梅竹马，高中的时候就在一起了。上了大学之后尤二姐考到了南京，张华留在了本地，两个人变成了异地恋，张华家境又贫寒，买不起车票来看尤二姐，两个人只在大一的寒假见了一面。尤二姐知道张华跟自己是不可能有结果的了。

进入大学之后，有许多人追尤二姐，条件好的男生比比皆是，她也换过几个男朋友，但是她都觉得不满意，直到大一下学期的时候遇到贾琏。尤二姐长这么大，什么时候见过贾琏这样的人啊？三十岁出头，英俊潇洒，而且还有一家即将上市的公司，还在尤二姐的学校设立了奖学金。

那天尤二姐的学校办活动，贾琏作为赞助商代表参加，尤二姐是礼仪小姐，她就那么看了贾琏一眼，贾琏也那么看了她一眼。

尤二姐终于知道这么久以来自己一直在等的人是谁了。

刚开始的时候，尤二姐只是喜欢贾琏帅气多金，后来听贾琏跟她说家里老婆蛮横不讲理，又阴险刻薄冷漠无情，根本不懂得任何生活情调。

“唉……”贾琏如是叹气，“我们家那位，整天就知道钱钱钱，钻进钱眼儿里去了，现在的女人太势利了，我多少年没有碰见过你这么清纯得像水一样的女人了。”

尤二姐的第一次给了张华，但是现在贾琏夸她清纯得像水一样，她觉得自己终于找到一个懂得欣赏自己和疼爱自己的人了。

这就是真爱。

直到某个周末的上午，她睡眼惺忪地打开房门，看到一身套装精神干练的王熙凤。

4

王熙凤正襟危坐，平儿坐在她旁边，手里拿着一个文件夹和一个记事本。

田律师坐在王熙凤对面，神情严肃，城市虽然不小，但是贾琏跟王熙凤的名声太大，他想不知道也难。现在这对传奇夫妇中的一个就坐在他对面，这让他觉得既兴奋又紧张。

“我想离婚。”王熙凤说，“你帮我看看赢面。”

“离婚不太容易啊。”田律师说，“虽然你现在说对方存在非法同居的关系，不过，拿到法庭上的证据有没有证明力就难说了。”

“我可以弄到贾琏的支付记录。”王熙凤说，“需要什么证据你告诉我，我都能弄到。”她一边说一边回头叮嘱平儿：“你认真记下来。”

“您要不要再考虑考虑？”田律师没有接她的话，而是自顾自地说下去，“离婚对于您来说并没有什么好处啊，特别是分割财产的时候。但是不离婚，您对夫妻共同财产是有支配权的。”

“我又不图他贾家的钱，”王熙凤从鼻孔里哼了一声，“把我们王家的地缝扫一扫，就够他们贾家吃一年了，我要他的钱干什么？”

“话是这么说，”田律师微笑着提醒她，“不过您要是就这么离了，岂不是太亏了？您也是高级职业经理人，有的道理，您比我清楚。从职业角度出发，我建议您最好不要离婚。现在离婚，如果您丈夫不同意离，那一审法院是不会判决离婚的，判决不准离，到第二次起诉离婚，还有很长时间，您跟平常的家庭妇女不一样，您真的拖得起吗？”

“但是我不能就这么忍了。”王熙凤说。

“我的建议是，您还是忍一忍，毕竟您丈夫现在事业处在上升期，要是真闹出丑闻，对他和对家庭都不好，特别是您还得替女儿考虑不是吗？”田律师扶了扶眼镜，“您听说过杜十娘吗？怒沉百宝箱那个，有骨气是有骨气了，但是宝贝都没了，她自己命也没了，图什么呢？”

王熙凤坐着半天没说话，过了一会儿，她站起来，微笑着跟田律师打招呼："那就先这样吧，麻烦您了。这件事情还请您务必帮我保密。"

"那是当然。"田律师也微笑着，跟王熙凤握了握手，客气地将她送走。王熙凤前脚刚走，田律师后脚就拨通了贾琏的电话："贾总，您这回可玩大了。"

5

尤二姐收到法院传票的时候愣了一下，原告王熙凤起诉她，让她还款？尤二姐完全不明白是怎么回事，她拨通了贾琏的电话。贾琏似乎也吃了一惊，上次田律师给他打电话，明明说已经把王熙凤摆平了啊，怎么忽然又起诉了尤二姐？就算王熙凤要离婚，也应该起诉自己啊，为什么起诉尤二姐？话虽这样讲，贾琏还是胸有成竹地安抚尤二姐："不要怕，有我呢。"

王熙凤在开庭的时候见到田律师和尤二姐一起，似乎并没有太惊讶，她嘴角微微上扬，对他们两个人露出一个嘲讽的微笑，然后不慌不忙地坐到了原告席上。王熙凤一直是一个事事都要做到完美的人，这一次她却像玩儿戏一样，没有给自己请一个代理律师。

轮到原告发表意见的时候，王熙凤不紧不慢地说，贾琏用来包养尤二姐的钱属于他们夫妻的共同财产，贾琏的处分[①]并不是为了

---

① 在法律上，处分是指对某项财产在事实上或法律上的最终处置，这是所有权内容的核心，是所有权的最基本权能。

夫妻的共同生活，所以属于无权处分[1]，她王熙凤现在要求受赠人尤二姐退回这笔钱。尤二姐觉得王熙凤不可理喻："钱都给我了，是贾琏给我的，你凭什么要回去？"

王熙凤笑了笑："我承认你们之间的赠予关系，不过你们的赠予关系是基于同居关系，如果承认你们的赠予合同有效，那就违背了公序良俗。你又不是善意第三人[2]，法律不会保护你的。"

尤二姐还是不服气："你说是你们的共同财产，你有证据吗？明明就是贾琏自己的收入。"

王熙凤轻描淡写地说："你在刚才的举证环节是不是没有认真听啊，我向法庭提交了贾琏的一份说明，内容是说他给你的钱是我们的共同财产，同意我向你追回这九十九万三千块钱。"

尤二姐转过头看着田律师，田律师没有说话。"你跟贾琏合伙骗我呢？"尤二姐说。田律师还是没有说话。

6

平儿敲门给王熙凤送判决书的时候，王熙凤正在看文件。"王总，法院的判决书。"平儿把判决书递给王熙凤。王熙凤接过平

① 无权处分指行为人没有处分权，却以自己的名义实施的对他人财产的法律上的处分行为。

② 善意第三人，即该第三人不知道法律关系双方的真实情况，通常指非法交易中不知情的、已经办理了登记的权利人。

儿手中的文件袋，随手投进旁边的碎纸机，然后继续看文件。

“王总……”平儿欲言又止。

“哦，你觉得我真的在乎这个判决？”王熙凤头也不抬地说。

“可是……”

“我不是学法律的。”王熙凤说，“但我知道《婚姻法》根本保护不了我。之所以走这个程序，只不过是给《婚姻法》一个面子。”

“那……”

王熙凤抬起头来看着平儿：“我跟贾琏结婚不过是家里人的意思，你以为我真的有多喜欢他？但是你跟了我这么多年，你知道的，我最讨厌的就是别人跟我抢东西，捡我扔掉的都不行。”

王熙凤拿过一张报纸，指着民生板块的一个小新闻给平儿看：“你看她心理素质多差，多大点儿事就要跳楼。我只不过找人宣传了一下她被包养还被告上法庭这件事，她就受不了了，连判决书都等不及了。”平儿定睛一看，虽然报纸没有透露姓名，但是隐隐猜到是尤二姐自杀了，她忍不住叹了一口气。

“你同情她？”王熙凤问平儿。平儿没有说话。

“是啊，不谙世事的女大学生，被渣男骗了三年，又被渣男原配告上法庭，弄得身败名裂，不堪社会压力选择跳楼。”王熙凤说，“渣男骗她该死，渣男的老婆明知道老公包二奶，只敢拿小姑娘撒气，隐忍不跟渣男老公离婚，更该死。”

“不是的。”平儿说，“您是为了贾总公司上市的事情，如果您要离婚，申请保全，贾总的财产被冻结了对他们公司上市有影响，您还是重感情的。”

“感情算什么啊？”王熙凤说，她把桌上那叠为了打官司而打印出来的《婚姻法》法条也顺手扔进了碎纸机，“我不相信感情，我相信钱，相信公章，相信白纸黑字的合同。”她在手上文件的落款处签上名字，用食指和中指轻轻地敲了两下，“我连法院的判决书都不信，感情是什么？我怎么可能相信感情？”

平儿还想说点儿什么，王熙凤对她挥了挥手：“你先出去吧。”

7

当尤三姐站在王熙凤面前的时候，王熙凤还是愣了一下，不过她很快笑了：“替你姐姐讨个说法？”

尤三姐杀气腾腾地看着王熙凤：“贱人！”

“你姐姐当二奶，你在外面坐台，你现在说我是贱人？”王熙凤反问尤三姐。

“我们靠自己的身体赚钱，没有害过别人！”尤三姐仍然杀气腾腾。

“那我靠脑子赚钱，怎么我就变成贱人了？”王熙凤说，“我可没有害过你姐姐，我走的是正当程序，法院那儿有记录的。至于这事怎么传出去的，我也不知道，收到法律文件要妥善保管，不能外泄的。”

“我要替我姐姐报仇。”尤三姐恨恨地说完就向王熙凤扑过来。

王熙凤一把抓住尤三姐的手把她往前一拉，自己侧过身子，只用了两招就把尤三姐摁在了地下：“报仇这事，你一个人怕是不行。姐姐好歹也是练过的。这里是我们公司的车库，你也敢来挑事。”

“王总？”平儿刚好路过，看到王熙凤跪在尤三姐身上，赶紧跑过来，劝开王熙凤。尤三姐恨恨地站起来，眼中犹有恨意。

“你说你跟你姐姐靠身体赚钱是诚实劳动？”王熙凤冷笑了一声，“等以后哪一天，你遇到自己喜欢的男人了，你去告诉他，你是个坐台的小姐，你靠身体诚实劳动赚钱，你看他会不会被你的诚实感动爱上你。”王熙凤说完轻快地掏出车钥匙，坐进车里，对着尤三姐摁了两声喇叭，开着车呼啸而出。

8

夜晚的城市华灯初上，音响中传来莫文蔚的声音：“我原谅你，你原谅她，那谁来原谅我啊？”

王熙凤双手握着方向盘，眼泪顺着脸颊流下来。她用手随便抹了一下眼泪，深深地吸了一口气。

外篇

生活其实一直都很简单，但是我们也一直都忍不住要把它变得很复杂。

不 都 是 故 事

Not All Is Fabricated

Love
Can Do Anything

其实不管这个案子最终的结果是调解还是判决，宋太太都是失败的一方。肖岚轻轻叹了一口气，宋太太临走的时候对她的招呼打得客气而又敷衍，像宋太太这样的人，是无法了解这一场看起来很简单的官司中，这么多复杂曲折的故事的。

每一个对簿公堂的故事后面，都不仅仅只有一个故事啊。

被丢掉的人生

The Lost Time

1

李先生最近觉得李太太有点儿不正常，但是具体哪里不正常，李先生也说不太清楚，这让他觉得有些坐立难安。李先生是一家外资企业的中层，三十多岁，中等身材，戴着斯文的眼镜，这样的人在C城这种经济高度发达的地方并不少见。李太太比李先生小两岁，婚后就当起了全职太太，负责照顾李先生的起居，空闲的时候就约几个朋友喝喝茶或者打打麻将。

李先生觉得李太太不正常的原因也很不正常，李先生发现李太太最近对他很好，这让他感觉到一种如坐针毡的不愉快。李先生等了一两个星期，发现李太太既没有购买大件家电，也没有大规模买衣服和化妆品，家里一切正常，但李太太还是对他很好。

这让李先生有些慌张。

2

李先生和李太太是大学同学，李先生当年对李太太几乎是一见钟情，然后经过一个月的死缠烂打，终于追到了李太太。大学时期比李先生条件好而又追求李太太的男生并不在少数，但是李太太只喜欢李先生，这还一度让李先生备受班上男生的冷眼。

李太太说过很多次，喜欢李先生的踏实和善良，但是李先生并不清楚李太太是怎么发现自己这两个长处的，他甚至觉得这只是李太太为了应付那些八卦的女生信口说的借口。

回忆起来，那段时光真是美好啊，在李先生的一生中，大学时光是最好的了。尽管当时没什么钱，但是李先生和李太太感情一直很好。

李先生还记得大二的时候李太太胃不好，带她去看中医，医生嘱咐每天早上八点之前必须把早饭吃掉，然后喝药。但是李太太上午课少，不愿意穿戴整齐了去食堂吃完早饭再回宿舍来回折腾，李先生为此早起了一个学期，每天去食堂买好早饭，然后到女生宿舍，把早饭交给阿姨，好让李太太不用出宿舍就能吃到早饭。李太太挑食，李先生陪着她吃了几年食堂，李太太挑拣出来的饭菜全部进入了他的口中。

与此相对，李太太虽然被很多人追求，但从来都是冷淡回应。从来没有做过针线的李太太曾经花了整整一个学期的时间给李先生织了一条围巾，那是李先生一生之中所拥有过的最好看最温暖的围巾。李太太看到一切成双成对的小东西都会买下来，回来送给李先生。李先生和李太太有情侣T恤、情侣外套、情侣鞋，还有情侣羽绒服。

如此种种当年在同学之间传为佳话，李先生和李太太大学毕业就结婚了，更加成了同学们眼中的神仙眷侣。

3

好像不好的事情都是从婚后开始发生的。李先生工作渐渐忙了起来，李太太的心情似乎也起了微妙的变化。有的时候，李先生深夜回来，看到餐桌上有一桌丰盛的饭菜，而李太太端坐在沙发上直勾勾地看着他，一言不发。

李先生觉得这样十分压抑，李太太看似并无怨言，实际上却用一种更加强硬的方式表达着自己的不满。李先生不喜欢这样，工作和应酬并非他所想要的，只是为了家庭别无选择，李先生知道李太太的委屈，他不求李太太像模范太太那样完全支持他，但至少不要像现在这样让他内心充满歉疚。

几乎在所有的感情关系中，当一方对另一方的歉疚越来越重的时候，相应地，爱就会越来越少。李太太并不明白这个道理，她只是单纯地以为，丈夫心怀歉疚，就会对自己好一点儿。

但是以歉疚为基础的善待，本来就是无法持久的。

在这个时候李先生犯了一个错误。如前所述，李先生是一家外资企业的中层，所谓中层，就是掌握着一定的资源和权力，同时也是那些刚刚进入社会的女孩子崇拜和仰望的对象。在现代这样一种价值观和世界观都陷入扭曲的社会里，李先生被公司的女孩子示好似乎也并不是一件奇怪的事情。

李先生没有选择用正确的方式解决自己跟李太太的矛盾，与此相反，他选择了逃避，男人在很多时候比我们想象中的要脆弱得多，在遇到问题的时候趋向于选择更简单的处理方式，而往往忽略了这种饮鸩止渴的办法将会带来的严重后果。

其实李先生十分清楚，自己和那个小姑娘不会有结果，也更加清楚那个小姑娘只是希望在公司里得到一些照顾和保护，但是当一个男人因为自己不擅长处理的感情问题而陷入两难的时候，所有的理智就都变得微不足道起来。

4

女人则有着天生灵敏的第六感，李先生自问从未留下任何蛛丝马迹，但李太太终于还是感觉到了自己的丈夫有问题。

李太太像所有受过高等教育的太太一样，十分沉得住气，她没有去李先生的单位大吵大闹，也没有亲自跟踪李先生查探情况。李太太雇了一个私家侦探，自己则仍然重复着单一的生活。直到有一天，李先生深夜回家，李太太仍然目光炯炯地坐在沙发上看着他，并把一沓照片扔到李先生面前。

当时李先生没有感到惊讶，也没有感到愤怒，而是感到害怕。不是怕李太太发现这件事情的后果，而是忽然开始害怕李太太探查他这件事情本身，仿佛他们两个人从未相爱过一样。

这才是最让人害怕的事情。

李太太没有提出离婚，李先生跟小姑娘断了来往，并试图弥补这件事情，但是李太太从来没有给过他机会，不给他机会的同时，并不结束这段关系。

李太太的这种行为实际上削弱了李先生的负罪感，他觉得李太太的目的就是折磨自己，实际上他也确实备受煎熬。除此之外，李先生想不通李太太为什么不愿意跟自己离婚，像李太太那样心高气傲自尊心又强的人，为什么不选择有尊严地结束这段婚姻。

所以现在李先生觉得，李太太一定有一个阴谋。

5

李先生从未像现在这样确定李太太有一个阴谋，很久不做饭的李太太这几天重新开始做饭，很久不出门的李太太每天都出门。李太太甚至开始对李先生露出笑容。这些都太反常了。

终于要行动了吗？李先生心中暗暗地想，但是李太太到底要做什么呢？

李先生发现，李太太原来一直留的黑色长直发，现在却是棕色的短发，还烫出了弧度，自己竟然不知道她是什么时候做的头发。李太太原来喜欢穿牛仔裤，李先生还嘲笑过她一年四季都一样的调调。但是有好几次，李先生看到李太太开始穿裙子，配着高跟鞋，李先生并不知道那些东西是她什么时候买回来的。但是这些并不是重点，李太太最近都在接触一些什么样的人、去一些什么样的场合，这些问题一直困扰着李先生。

存折上的钱并没有少，家里的房产证写的是自己的名字，李先生把所有需要考虑的事情都想了个遍，觉得完全没有什么漏洞，但越是确定万无一失，李先生内心就越是恐慌。因为他觉得一定是在自己没有注意到的地方存在着问题，被李太太发现了自己却不知道，李太太即将利用这个问题对自己进行攻击，而自己全然不知应该防备哪里。

就这样小心翼翼地观察了一个星期，李先生仍然没有发现什么破绽。一定有什么地方被自己忽略了，他这样对自己说。但是就算再怎样努力地思考，也找不到任何妻子将要行动的蛛丝马迹。

李先生终于决定向私家侦探求助。

6

现代城市的离婚率一直不断飙升，甚至在某些时间段超过了结婚率，这是一件令人意外而又在情理之中的事情。私家侦探们见多了互相调查对簿公堂的夫妇，对于这种事情都已经见怪不怪了。

当初结婚的时候用最甜美的面容向对方许下庄严承诺的人，最后为了财产相互厮杀，露出残酷的嘴脸，跟当初判若两人。当时沉浸在爱情的喜悦中的人，大概根本想不到自己以后将会面对的现实。

李先生委托的私家侦探很有效率。原来李太太每天都会去一家电影院。李先生忽然捏了一把汗，电影院这种地方，不是一般的警匪剧里面黑帮接头的地方吗？两个人一前一后地坐在阴森森的角落里，接完头之后再和看电影的人一起散场。光是想一想自己的妻子还有黑帮出现在那种诡异的场景里面，李先生就忍不住出了一身的汗。

难怪自己觉得家里的财产都没有漏洞，原来李太太根本没有打算转移财产。看起来妻子是准备制造事故。李先生觉得很伤心，原本他觉得，自己愧对妻子在先，如果妻子真的转移财产，那么自己干脆把话说明了净身出户，也算是给了妻子一个交代。但是现在事情变成这样，这让李先生觉得心寒。

毕竟两个人曾经相爱过一整个青春的时间。就算是李先生曾经因为性格上的原因做出过错误的事情，但是他始终没有伤害妻子的意愿，如果李太太愿意给他弥补的机会，他愿意做一切能够挽回两个人感情的事情。但是没有想到李太太最终选择了这样一种方式。

7

李先生请了整整一天假，决定亲自跟踪李太太，他想当面问问妻子，是不是真的忘记了两个人曾经的感情，问问妻子到底忍不忍心。

当然，也许在去电影院的路上自己就会死于非命，李先生有些自我嘲讽地想。不过比起什么都不知道死得不明不白，现在这样也算是能够闭眼了。命丧爱妻之手，还真像狗血电视剧呢。不过不知道妻子等一下面对忽然出现的自己，会是什么表情。

就是怀着这样忐忑而又混乱的想法，李先生一路跟着李太太来到电影院，但是就在他买票的时候，忽然发觉有一只手搭在了他的肩膀上。李先生转过头去，看到了李太太。

李太太笑着看着李先生，李先生忽然感觉像是回到了大学时期，每次自己想要给李太太准备惊喜都会被识破，然后李太太就用这样的笑容看着他。

“你怎么知道？”李先生脱口而出。

“我怎么不知道？”李太太微笑着反问，“你要看电影吗？”

李先生一时语塞，竟然不知道说什么好，他眼睁睁地看着李太太从容不迫地掏钱买了两张电影票，微笑着递给他一张。

李先生和李太太沉默着走进电影院，坐在两个相邻的位置上，沉默地观看着一场并不著名的电影。李先生并没有太多的心思去关注那些青年男女的欢爱，大屏幕随着情节的变化明明灭灭，在他的脸上印出不同的阴影。李先生强忍着不去看李太太的表情，就像第一次约会看电影的时候那样。这么多年了，物还是，人已非。

电影散场，李太太站起身来，从头到尾，都没有出现什么跟李太太暗中接头的人，什么可疑的对象都没有出现。李先生和李太太夹在拥挤的人群中走出电影院，空气顿时变得新鲜起来，李先生深深地吸了一口气。

“到底怎么回事？”他终于忍不住开口询问。

“什么怎么回事？”李太太仍然似笑非笑地反问他。

“我问你是怎么回事？”李先生又问。

“你还记得当初为什么要追我吗？”李太太问。

8

尽管不知道李太太问这个问题到底葫芦里卖的什么药，李先生还是准备严肃对待。“因为觉得你很好看，而且亲切。”李先生说，“就是觉得你是很阳光和开朗的一个人，有的时候又有点儿傻。”

“那你知道我为什么要答应你吗？”李太太又问。

“因为我死缠烂打？”李先生露出一个自我嘲讽的笑容。

“比你更不要脸的男生多了去了。”李太太轻描淡写地说，“你还记不记得，我们班第一次班级聚餐，你坐在我旁边。有人起哄女生都要喝酒，但是你偷偷地把我杯子里的酒倒给了自己，给我换了白开水？”

李先生并不记得自己做过这样的事情。他尴尬地笑了笑，说：“原来我还有那么绅士的时候呢。”

“我也是最近忽然想到的。”李太太轻轻地笑了，“你记性真的不好。”

“人笨啊，有什么办法。”李先生皱皱眉头，“你还是没有告诉我，这是怎么回事？”

“我们结婚多久了？”李太太问李先生。

“两年了吧？”李先生说。

“五年了。”李太太纠正他。

“有这么长时间？”李先生吓了一跳，“我怎么觉得没有这么久？”

“加上我们谈恋爱的时间，”李太太静静地说，“到明年就十年了。”

“你想要什礼物？”李先生问李太太，话刚说完，他自己都觉得有些嘲讽，这段婚姻，能不能够维持到明年还不一定。

“你后来为什么不喜欢我了？”李太太没有回答李先生，而是岔开了话题。

李先生沉默了，他不想跟妻子在大街上讨论这样的话题，而且他真的不喜欢之前阳光开朗的李太太变成现在这样，一副城府很深掌控一切的样子。

“其实我已经知道了。”李太太说，“我都明白的。”

李先生继续用困惑的眼神看着李太太，李太太笑了，说：“这么多年来，你都忙着把我杯子里的白酒倒给自己喝，都喝糊涂了。”李太太转过身来，轻轻地给李先生整理了一下衣领，帮他把双肩拍拍平整，就像李先生第一天去上班时那样。

“以前我们从来都不问怎么回事的，你还记得吗？”李太太把头靠到李先生的肩膀上，轻轻地说，“你知道吗，我一直都有点儿傻。”李先生愣了一下，伸手揽住李太太的腰，另一只手摸着她的头发。

9

什么意外都没有发生，什么阴谋都没有，但是李先生好像忽然又把自己丢掉的人生找回来了。

李先生有的时候看着墙上的婚纱照，上面有自己和李太太穿越时间被镜头定格的笑容。自己真的是不懂女人啊，李先生这样想着，扭过头去看着趴在自己怀里的李太太。

你只能伤我这么多

You Can't Hurt Me Any More

1

直到书记员询问“原告是否到庭”的时候，宋太太才回过神来，自己跟老公终于走到了这一步。她有些紧张地抬起头来，目光看向书记员：“到了，到了。”

然后宋太太又悄悄地瞄了一眼正襟危坐的法官，还有对面的被告席，那里坐着自己的老公，基层法院的民事庭并不大，她感觉老公跟自己也就隔了两步远的距离，但是她忽然觉得，自己跟老公之间永远隔着这两步，距离不长，但是永远地存在着。

她的身边是律师，她没有问过律师的年龄，但是感觉这个姑娘也就跟自己的女儿差不多大。宋太太其实信不过这个看起来像个大学生一样的律师，年纪太轻，没有经验。但是宋太太咨询了好几个律师，结果都是劝她不要起诉，大律师们似乎都很忙，他们分分钟都有比宋太太的离婚官司更赚钱的买卖，根本不愿意在离婚官司这种吃力不讨好的事情上浪费时间和精力，只有这个年纪轻轻的肖律师愿意帮她打这场官司。

签了委托书之后，肖律师收拾好文件，然后对宋太太说："你这个案子胜诉的可能性并不大，之前肯定也有律师跟你讲过吧？"宋太太茫然地点了点头。

肖律师又说："我希望你有一个心理准备，打官司这件事情，说起来简单，真正做起来是很难的。钱的事情我们就不谈了，这个过程会耗费大量的时间，而且要消耗大量的精力。即使这样，也不能保证官司一定能够打赢。"这些话宋太太早就听腻了，她有些不耐烦地说："我已经清楚了。"

肖律师继续耐心地说："这些都不是最关键的，你要跟曾经相爱并且朝夕相处的人对簿公堂相互指证，这才是最伤人的部分啊。"宋太太皱了皱眉头，说："我就是想打这个官司，让大家都知道宋某人做的这些缺德事，让法官评评理。"

肖律师温和地笑了，她对宋太太说："既然你都准备好了，那我明天去立案庭帮你提交起诉状。"宋太太终于满意了。

2

庭审的过程对于宋太太来说既陌生又乏味，她听着身边的肖律师宣读诉状，对方律师读答辩词。明明是自己跟老公要离婚，最后竟然变成两个跟自己的家庭毫无关系的人在这里争来争去。

宋太太跟宋先生结婚已经二十年了，有一个十八岁的女儿。宋先生这些年来一直在外地工作，很少回家，更少过问宋太太母女俩的生活。好像女儿出生的头几年宋先生还断断续续地往家里寄生活费，但是后来慢慢就寄得少了，说做生意赚不到什么钱。

宋太太二十年前在工厂上班，如今尚未退休，这些年靠着微薄的工资和女儿勉强度日，直到终于有人告诉她，其实宋先生生意早就做大，在外面光别墅就有五处，汽车有两辆。这一切，很多人都知道，唯独宋先生的结发妻子宋太太不知道。

“你老公外面有人了。”别人这样对宋太太说。

其实宋太太早有心理准备，宋先生常年在外地工作，找个把女人并不是什么稀奇的事情，男人嘛，宋太太心中早就接受了这样的设定。但是她万万没想到，号称做生意赚不到什么钱的宋先生，竟然是一个富豪。宋太太觉得不平衡，她可以接受宋先生在外面有女人，但是不能接受宋先生把赚来的钱都给那个小三儿用。

“你找找证据，跟他离婚，把他的钱分过来。”别人这样对宋太太说。

宋太太找人拍了宋先生跟小三儿一起吃饭的照片，找到律师要求起诉跟宋先生离婚并且分割财产。“你这个照片没有用啊。”那个戴着金丝边眼镜的律师瞥了一眼照片，对宋太太说。

“怎么没有用？”宋太太不明白，她拍了拍摊在桌上的几张照片，“你看，我都拍到他们两个人在一起了。”

“也许他们两个人只是普通朋友。”律师说，“一起吃饭这种事情太正常了，你怎么能够凭一张一起吃饭的照片认定他们就是不正当的男女关系呢？”

“他们就是不正当的关系啊！”宋太太说，“大家都知道的，很多人都可以证明。”

“那你就要找人来做证啊。”律师说，“不然的话，这个真的很难认定。”

宋太太找到透露给自己消息的人，对方一听说要出庭做证，连连摆手：“我只是听说的，没什么证明力，你再找找别人，找我肯定不行啊，而且我们单位不让请假的。”

3

庭审进入辩论环节，肖律师出示了宋太太提供的照片，还有一些证人的证言。对方律师站起来，四两拨千斤地表示，这些照片根本无法证明宋先生包养了照片中的女人，证人没有正当理由，也没有到庭做证，所以证言不足以采信。

宋太太插嘴：“你问问宋××，那个女人是不是他情人，他是不是把钱都花在那个小丫头身上了！”

审判长说：“原告不要打断被告辩护律师。”

宋太太气鼓鼓地看了一眼审判长，是个四十多岁的男人，戴着副眼镜。斯文败类！宋太太在心里骂，肯定也是背着老婆在外面养小三儿的人，所以才会这样护着宋先生。果然天下男人都不是好东西。

对方律师陈述完意见，还不忘微笑着反问肖律师：“对方律师想必也明白这些证据根本无法证明起诉状中所称的事实吧？”

肖律师没有回答，宋太太心里着急，果然年轻律师就是没有经验啊。她忍不住插嘴：“我们说的都是事实。”

对方律师微微一笑，没有理会宋太太。

宋太太悄悄地用脚在桌子下面碰了碰肖律师，小声说：“小肖啊，你倒是说话啊，不要怕他们律师，你这样不说话我们就要输了。”但肖律师还是没有讲话。宋太太感到一丝绝望，这样下去，这个官司肯定赢不了啊。

终于进入调解环节，肖律师提出，宋太太之所以起诉离婚，主要是由于宋先生未尽丈夫的义务，不仅没有履行夫妻之间相互忠实的义务，而且对妻子未尽扶养义务，对女儿未尽抚养义务，令宋太太感到寒心和齿冷。如果不离婚，宋先生必须每个月向宋太太和女儿支付一定金额的生活费。

对方律师辩称，宋先生并没有包养小三儿，近年来做生意也没有赚钱，名下的房产和汽车都是抵押给银行的，而且宋太太有劳动能力和稳定工作，女儿已满十八周岁，所以宋先生没有义务向宋太太母女支付生活费。

宋太太听到这里，感到怒火中烧，准备站起来骂宋先生，但是她屁股还没离开椅子，肖律师似乎就已经料到了她会有这个动作，拉住了她。

4

当手机响起来的时候，肖岚正在忙得焦头烂额地做饭。她一边接起电话，一边手忙脚乱地洗好肉片下锅。冷水进入烧热的油锅，发出刺啦的声响，肖岚挥舞着铲子迅速地翻炒着，电话那头传来熟悉的声音：“肖岚啊，忙什么呢？”

“做饭。”肖岚没好气地说。打电话来的是魏寒，她的大学学长，如今在一家房地产开发公司担任法律顾问，曾经是她的男朋友。

“这么忙。没空说几句话吗？”魏寒语气很客气。

“什么事？”肖岚把煤气调成小火，用耳朵和肩膀夹住电话，腾出一只手去拿调味品。

“你最近接了个离婚的案子。”魏寒这句话不是疑问而是陈述的语气，肖岚一听就能听出来。

“是的。魏律师准备指导我一下吗？”肖岚并没有问魏寒是从哪里得到的这个消息，她更关心的是魏寒给自己打这个电话的目的。这些年法律学下来，肖岚已经养成了说话简洁明了直奔主题的习惯。

“你还是放弃吧。”魏寒也是一样地直接明了。

“为什么？”肖岚飞快地翻动了几下铲子，然后迅速地关火。

“因为我在被告的房地产开发公司当法律顾问。”魏寒说，“这个案子他私下找我代理了。你那边的当事人我太清楚了，手头也没什么有力的证据，这个案子你打不赢的。”

“你这是来找我示威吗？”肖岚问。

“不是。”魏寒认真地说，“你今年刚毕业，才进律所，应该做几个胜诉把握大的案子，不能一起步就砸在这种烂案子上面。而且我也清楚你的当事人，为这种人工作，你会受委屈的。”

“你不要做出这样一副温情脉脉的样子嘛。”肖岚说，“你这么为我着想，我都差点儿忘了当初你为了娶个富二代甩掉我的事情了。”

“肖岚，我真的是为你好。”魏寒说，“离婚的案子别人躲都躲不及，我也是因为在宋××的公司当顾问才会接受他的私人委托。你何必呢？一场离婚官司打下来，太容易吃力不讨好了，你打输了委托人要怪你没本事，你打赢了，日后当事人反悔起来又要怪你在法庭上攻击性太强，把两个人的关系弄得太僵。我的当事人好歹在生意场上混了这么多年，对律师还算尊重，你的当事人就是个家庭妇女，对法律一点儿概念都没有，你更不要指望她尊重你了，这个岁数的大妈对小姑娘不知道多苛刻。你听我的，找个合适的理由把这个案子推了吧。”

“你说完了没有？”肖岚打了个哈欠，“说完了我就挂电话了。”然后她挂掉电话，默默地把炒肉丝装盘。

“炒得真难看啊，”肖岚看着餐桌上的这盘肉叹了一口气，“让人一点儿胃口都没有。”

5

肖岚今年刚毕业，进入了一家还算有名气的律师事务所。魏寒比她高两届，毕业之后没有进律所，而是在新婚妻子父亲的介绍下兼任了几家房地产开发公司的法律顾问，工作轻松，而且年收入颇丰。

当初在学校的时候，魏寒就是一个叱咤风云的人物，法学院的人都知道他。肖岚则属于存在感很弱的那种人，所以当魏寒对她表示好感的时候，肖岚觉得这件事情简直匪夷所思。但是魏寒说喜欢肖岚身上的寡淡气质，不喜欢那些功利而又好胜的姑娘，觉得她们太有心计，而且如果两个人气场都很强，矛盾就会更多。像肖岚这种与世无争的性格，其实还真不适合学法律。

在恋爱过程中，魏寒的表现一如既往地出色，但是到最后，他还是甩掉了肖岚娶了一个富二代。那一年魏寒刚刚毕业，肖岚才上大二。

她记得那一年开课的法理学课上，老师这样说：“法律能够调整的范围是很有限的，法律只能够调整某些特定的关系，比如合同关系、侵权关系、婚姻家庭关系，有很多关系是不能够用法律调整的，比如朋友关系、恋爱关系，等等。”肖岚默默地在课本上“恋爱关系”下面画了两道横线，尽管她自己也不知道为什么要这么做。

魏寒跟她分手了。他们两个人谈恋爱这件事情根本不受权利义务关系的调整，魏寒其实也没有义务一直喜欢她。

嗯，这就是法律的局限性。

她对宋太太解释跟宋先生的官司可能打不赢的时候，这句话又清晰地出现在她脑海里，她想对宋太太说，但是宋太太肯定听不懂。

从接受宋太太委托的时候起，肖岚就很清楚，对方只是一个小学文化的妇女，虽然才四十多岁，但是看起来已经五十出头，长年的工厂作业让她的双手变得粗糙，而且她的眼神中透出一种不知所措的茫然。尽管这个人坚定地表示要跟丈夫离婚，但是离婚的目的也仅仅是用分割丈夫财产的方式来惩罚对方对她的背叛。

肖岚知道，让宋太太这么坚决的理由并不是宋先生的出轨，而是宋先生把钱花在小三儿身上。如果宋先生包养小三儿，但是每个月都给宋太太一大笔钱，宋太太大概就会为宋先生说话：“男人嘛，在外头有个把女人是正常的，只要不把家玩散了就行。”

宋太太手头并没有什么有力的证据，被她视为铁证的几张照片的证明力弱得不堪一击。宋先生和宋太太的共同财产能够查明的非常有限，只有几处房子和汽车，而且还都是抵押出去的，当然还有一部分银行存款。剩下的暂时没有查明，或者说肖岚觉得根本没有必要去查，就算宋太太查明了宋先生有多少积蓄、对外享有多少债权，要求分割债权，宋先生也可以通过伪造债务的方式让宋太太承担债务。

当然，后面这些肖岚并没有告诉宋太太，这个案子根本无法进入分割财产那一步。不知道其他的地方怎么样，至少在本市的基层法院处理离婚案件时，所奉行的一个规则就是，只要有一方坚决不肯离婚，法院就一定会判决不准离婚。

6

调解阶段进行的时间并不长，中途法官提出分别单独调解，让双方轮流进入民事庭。肖岚觉得，法官内心应该是偏向宋太太的，因为最后宋先生终于同意支付宋太太一笔为数不小的生活费，法官调解成功，宋先生宋太太不离婚，不用制作调解书。

宋太太其实并不十分满意，这跟她预期的结果相差太远，但是她也不傻，刚才的庭审中宋太太已经感觉到自己胜诉的可能性非常小。尽管她不明白为什么自己明明是占了道理的一方，却不能够通过这种方式寻求公平，让宋先生尝点儿苦头。

法律都是狗屁。宋太太心里想，律师更是一帮没用的东西。难怪人家说律师都是糊弄人的，这个肖律师看起来挺端正，没想到是个草包，什么用都没有，还不如自己来打这场官司。对方律师明明知道宋××包养了小三儿还替他辩护，更是良心被狗吃了。至于法官，吃完原告吃被告，这个法官虽然没有吃自己，但是一定收了宋××的钱，不然怎么会调解不准离婚呢。不过好在调解结果宋××每个月要给自己多点儿钱了，这样家里的生活会宽裕不少。女儿上个月看上一件漂亮衣服，等宋××的钱打到账上就去给她买。

宋太太拎着自己五年来都没有换过的手提包走出法院的大门，嗯，还要给自己换一个新的手提包。

“宋太太，那这件事情就这样了？”肖律师客气地对宋太太说，“有什么后续的事情我会给你打电话的，你那边有什么问题也随时可以找我。”

宋太太勉强地笑着应付肖律师：“好的，我记住了，谢谢你啊，肖律师，辛苦你了。”

“不辛苦。”肖律师笑着跟宋太太道别。

7

开庭的时候魏寒看到肖岚，不由得苦笑起来。当初觉得这是个淡泊的姑娘，性格柔顺，没想到分手两年之后，连肖岚这样温和的姑娘都变得这么执着。

但是其实这在魏寒的意料之中，他好像早就知道肖岚一定不会放弃这个案子，并且在心里也并不希望肖岚放弃这个案子。

肖岚果然是永远不会让自己失望的女生啊。而自己，恐怕要又一次让她失望了。

其实魏寒已经考虑好了策略，肖岚一点儿赢面都没有，如果要走到判决那一步，那就一定会给她留下一个败诉的记录。所以只能尽量争取调解，调解结案没有输赢，至少还能给肖岚的下一个案子留下一个机会。

肖岚那样的女生真的不应该输在这种毫无意义的烂案子上。一个出于同情心而接下一个官司的律师，是不应该因为自己对弱者有同情心，而承担由此引起的一系列不利后果的。

调解肯定是有代价的。作为代理人，自己的职责是尽可能地为当事人争取利益，而不是给当事人造成损失。魏寒十分清楚自己的定位，要当一名合格的律师，就应该坚持不做退让，让法院判决不准离婚。

但是宋太太那样的女人，年近半百，这么多年来一直毫不知情地默默付出，独自养家，照顾女儿，并且即使宋先生号称做生意亏损无钱养家也没有抛弃自己的丈夫。这样一个隐忍、善良的传统女人，尽管愚昧无知，也不应该被自己的丈夫这样对待。

有的时候，明明是严格地守法了，却遭遇到让人难以接受的结局。嗯，这就是法律的局限性。

8

肖岚其实很清楚，最后这个结局，一定不是法官一个人做的调解工作。相比于法官的调解意见，宋先生应该更相信魏寒的建议。

这些都是实务课上训练过的内容。对当事人动之以情，晓之以理。对于宋先生来说，一审判决不准离婚。过了六个月之后宋太太就可以重新发动离婚程序，并且在这六个月的时间里，宋太太一定会绞尽脑汁地摸清楚自己的财产。宋先生虽然做的不是违法犯罪的买卖，但他也并不是百分百遵纪守法的好公民，他肯定不希望自己的财产遭到任何人的偷偷调查，因为这根本经不起调查。

在这次审判之前宋太太已经申请了对房产和部分存款进行诉前保全，等到下一次庭审的时候，万一让宋太太发现宋先生还有股权和其他财产，一并提起诉前保全，对于生意的运转也是一件很麻烦的事情。

更不要说身陷离婚官司会让宋先生在老板圈中名誉扫地。老板们养小三儿的多，但是养了小三儿之后扔了家庭的少，养了小三儿扔了家庭还被妻子告上法庭，一次判决不准离婚还起诉第二次，这对于他的无形损害是远远大于有形损害的。

正话反着说，反话正着说，一件事情里，挑出对当事人有利或者不利的部分，怎样对自己有利怎么说，这些话肖岚都会说，更不要说是魏寒了。他一定会想出更多的理由来说服宋先生，最终才能够达成这样一个结果。

调解结案，不算自己败诉。肖岚想，魏寒一定也是这样想的。

宋太太的人生，通过这一场官司，除了每个月多拿了一笔钱之外，其实并没有什么实质的改变。但宋太太本人，却并不这样认为。对簿公堂对于宋太太来说像是一场仪式，宣告着她敢于向非正义提出挑战，敢于违背自己从小接受的“丈夫就是天”的教育，并且积极地为争取自己的权利走出了第一步。

其实不管这个案子最终的结果是调解还是判决，宋太太都是失败的一方。肖岚轻轻叹了一口气，宋太太临走的时候对她的招呼打得客气而又敷衍，像宋太太这样的人，是无法了解这一场看起来很简单的官司中，这么多复杂曲折的故事的。

每一个对簿公堂的故事后面，都不仅仅只有一个故事啊。

有时梦是泡沫，可惜看不破

Sometimes Dreams Are Like Foam But You Don't Know

1

当嘈杂的喧闹声传入沈老板耳朵里的时候，他一时没有反应过来。小王破门而入：“沈总，警察啊！”沈老板原本跷在桌上的腿放了下来，他有些惊讶，又有些不耐烦，上个月刚来过，怎么又来了？这帮破警察真是越来越难缠了。看来又要请局长吃饭了！干！

沈老板不情不愿地往办公室外面走去，跟正要闯进来的警察撞了个满怀，对方一把抓住沈老板：“你是什么人？跟我们走一趟！”小王愣了一下，那警察又转向小王：“你也跟我们走一趟！”

今天的生意又做不成了。沈老板坐上警车的时候有些遗憾地想。娱乐城开张两个多月了，在最差的情况下，一天也有一万块钱的净收入。今天刚开张自己跟老婆就双双被带走了，真是损失。

给沈老板做笔录的是个年轻警察，看到沈老板的时候皱了皱眉头："姓名？"

沈老板很配合地回答："沈富。"

"你在动感娱乐城做什么？"

"我是那里的经理啦。"沈老板回答。

警察再一次皱了皱眉头："你不是本地人？籍贯哪里的？"

沈老板报上籍贯，警察露出一个"原来如此"的表情，心想难怪这个人有这么重的口音。

"你是总经理，那这个娱乐城的股东是谁？"

"什么是股东？"

"就是你老板是谁？你替谁工作？"

"我老板叫沈加康，也是K城的，我们是一个村的。"

"你有他的联系方式吗？"

"我没有啊。我只是帮他打工的，老板大概每个月过来看一下经营情况，平时跟我们也不联系，我也很少见到他。"

"是吗？"警察露出一个意味深长的笑容，"那你知道你们电玩城是做什么的吗？"

"就是做做娱乐生意啊，"沈老板回答，"年轻人喜欢玩游戏，就到我们这里来咯。"

"你们电玩城有赌博设备你知道吗？"

"我不清楚啊。"沈老板回答，"我只是每天来坐在办公室里看一看，然后负责发工资，电玩城具体怎么运作，我完全不知道，反正工作也很简单，有人看着场子有人收钱就行。”

上一次被弄进来也是这样的问题，这些人每天都很闲吗，明知道把自己抓进来还是要放走，还问重复的问题，真是无聊啊。沈老板心心念念想着今天不能开张的损失，要知道，正月的时候生意好，有的时候一天能有个好几万的净利，最多的一天达到了十五万。

笔录做完了，沈老板站起来，跟警察打了个招呼赔了个笑脸就准备走人，却被拦住了：“你去哪儿？让你走了吗？”沈老板愣住了。

2

沈老板是自从动感娱乐城开张之后才变成老板的，在那之前，他只是个酒店里面的保安头目。

沈老板家乡在一个多山的地区，耕种不便，收成更少，村里原先还有人留在本地老实种田，渐渐地都受不了外界的诱惑，相继离开了村庄，有些变成了农民工，有些变成了小摊贩，还有一些人并没有什么固定的职业，哪里有钱赚就去哪里捞一笔。

沈老板只有小学毕业的文化水平，但好在个子高，又天生一张笑脸，所以好歹混到了一家五星级酒店当保安，干了两年，沈老板把老婆和女儿都从农村接了过来，又过了两年，沈老板变成了保安队长，竟然也能够把女儿送进小学了。

沈老板平时话不多，江浙一带十里不同音，更何况他老家跟这座城市隔了那么远而他又不会讲普通话，别人讲普通话他也不大听得懂，所以沈老板跟别人的交流并不多，他又长着一张笑脸，连生气的时候看起来也是笑眯眯的，于是后来大家给他起了个外号，叫笑面虎。

熟悉的人都知道笑面虎是开玩笑的说法，但是陌生的人听到别人说起保安队长笑面虎，都以为这个人曾经做过什么了不得的大事。

有一次酒店来了一个大老板，沈老板早就听说过这个人，但是从来没想过自己会跟这个人扯上什么关系。直到大老板因为喝醉酒而落下的手机被沈老板捡到，沈老板拾金不昧感动了大老板，大老板拍着他的肩膀说：“兄弟，如今像你这样做事地道的人不多啦！”

沈老板挠挠头，笑了笑。

就像所有的小说中都会出现的正能量情节一样，大老板似乎开始有意栽培沈老板，经常叫上沈老板参加各种饭局，认识各种人。

两个月后，在一次饭局上，大老板跟其他几个开公司的人对沈老板说：“兄弟，我们几个打算成立一个公司，我们出钱，你出力。我们算你是劳务出资，年底一起分红，怎么样？”沈老板当然谢过大老板栽培。

很快，沈老板的名字出现在了工商局登记在案的娱乐城营业执照上，动感娱乐城开业，沈老板从一个保安队长一跃成了动感娱乐城的法定代表人，叫他“老板”的人渐渐多了起来。

当初在家里种田或者是来城里到处打零工的他，从来都没想过有朝一日，自己的姓氏后面也能够被冠以“老板”这样的称谓。

3

大老板来看沈老板的时候第一句话就是：“你都怎么说的啊？”

沈老板说：“就按照之前你们教我的说的啊。娱乐城的事情我什么都不知道。”

大老板沉思了一下，说：“这次不行了，公安这边不肯放人啊，兄弟，我看他们是要动真格的了。你再不承认，恐怕他们要整你，还要启动刑事程序，到时候检察院参与进来，你就要坐牢了啊。”

沈老板吓了一跳，他问：“你们不是都跟公安的人很熟吗？公安怎么会查你们？”

“娘的！”大老板恨恨地说，“这次出了奇了，最近也没有领导换届，刘××这么勤快干什么，卵疼啊？”然后他又和颜悦色地对沈老板说：“兄弟，你放心，这个事情哥哥一定帮你摆平。我们哥儿几个在外头帮你活动，过几天就让你出去。警察再问话，你就承认你是沈加康。态度好点儿交几个钱了事算了。”大老板如此这般地嘱咐了沈老板几句，就匆匆走了。

大老板刚走，沈老板就又被叫出去问话了。

他按照大老板的指示回答："我其实就是沈加康。"

"你昨天说你叫沈富，今天说你叫沈加康，你到底叫什么？"

"沈加康。"

"那你之前为什么要说谎？"

"我怕你们追究我责任嘛！"这确实是沈老板的大实话，"我要是说我是沈加康，你们肯定要把我抓起来的咯。"

"那你对于动感娱乐城里面放置赌博机的情况是了解的？"

"了解。"

"那你既是动感娱乐城的法定代表人，也是实际投资人？"

"什么叫投资人？"

"就是出钱开娱乐城。"

"啊，对，是我开的。"

"只有你一个人？"

"嗯，只有我一个人。"

"你开这个娱乐城，包括买赌博机，一共投资了多少钱？"

"一百多万吧。"

"钱是哪里来的？"

"跟朋友借的。我跟他们说赚了钱我就还给他们。"

"都是谁借钱给你的？"

"××公司那个许老板，还有许老板的朋友朱老板，还有一个王老板。"

"他们为什么要借钱给你？你借钱的时候有没有告诉他们你是要开赌场？"

"我是开的娱乐城嘛。他们只知道我要开娱乐城。"

“他们只是借给你钱，却没有入股?”

“什么是入股？”

“就是跟你一起管理这个娱乐城，赚了钱跟你分。”

“没有，他们只是借钱给我。我们交情好嘛，朋友之间很讲义气的，而且许老板钱也多，不在乎这个几十万。”

……

“这是今天的讯问笔录，请你核对，然后签字。”

沈老板看着面前的几页A4纸，上面的黑色打印字他根本认不全，他笑了笑，签上了自己的名字。沈老板被带走之后，两个警察相视苦笑，这个沈老虎，哪里是个沈老虎啊?

4

大老板说娱乐城最近这阵子是不能开了，沈老板又没有其他工作，只能闲在家中。虽然空闲时间比较多，还可以抽空陪陪女儿，但是沈老板觉得心慌。

为了从公安局出来，他交了七十六万罚款。这三个月来，娱乐城一共赢利了两百多万，大老板他们一分，给沈老板的只有二十万。这七十六万的罚款一下子掏空了沈老板的家底，而且还让他欠下了五十万的外债。

娱乐城不开张，他就没有赚钱的机会，没有赚钱的机会，就还不起债。沈老板觉得十分焦灼。

这种焦灼的状态持续了不到一个星期就消失了，并不是因为娱乐城重新开张了，而是因为沈老板忽然接到了法院的文书，要求他下周一出庭参加诉讼，内附一张检察院的起诉书。沈老板连忙打电话给大老板，并且随身带去了法院的文书。

“兄弟，这是要坐牢了啊。”大老板看了法院的文书说。

“为什么啊？”沈老板不相信，“公安局明明已经把我放了，我钱都交给他们了。”

“你看，这个上面写着你是取保候审[①]。”大老板说，“就是可以回家，然后等着法院审你。”

“不可能啊，”沈老板说，“公安局的人亲口跟我说的，交了钱就放了我。我出来的时候局长还跟我说：‘不要心疼钱，回去生意照样做。’”

“哪个局长？”大老板问。

“我也弄不清楚啊。”沈老板说，“我对你们这里也不熟，那现在怎么办啊？”

“只能等着法院审判啊。”大老板沉思了一下，“不过你不要

---

① 指在刑事诉讼中公安机关、人民检察院和人民法院等司法机关对未被逮捕或逮捕后需要变更强制措施的犯罪嫌疑人、被告人，为防止其逃避侦查、起诉和审判，责令其提出保证人或者交纳保证金，并出具保证书，保证随传随到，对其不予羁押或暂时解除其羁押的一种强制措施。

急，我认识一个非常好的律师，我给他打电话。”

大老板当着沈老板的面打了一个电话，然后随手在一张纸上写下一个号码：“你给这个号码打电话，是××律师事务所的刘律师，你去找他就好了。”

5

刘律师见到沈老板的第一句话就是：“这个赌场到底是谁开的？”

“我开的。”沈老板说。其实他也不知道自己为什么要背这个黑锅，可能是觉得大老板这几天忙前忙后帮自己，自己不能背叛他，也有可能是觉得这个律师是大老板的朋友，如果自己说了大老板的坏话，律师肯定就不帮自己了，以及其他一些复杂但是他自己尚未意识到的原因。

刘律师说：“我去法院看过你的卷宗。你这个罪事实认定太清楚了，想要无罪是不可能的。”

“罪？”沈老板吃了一惊，“我又没有杀人放火，就是娱乐城里面有两个赌博机嘛，而且我都交过罚款了啊！”

“你交的罚款是给公安局的，跟你这个罪没有关系。”刘律师说，“公安局是公安局，法院是法院。”

“但是公安局局长说交了钱就没事了啊。”沈老板说。

“哪个局长？”刘律师问，“你们说话的时候有第三人在场吗？有证据吗？”

“我弄不清楚啊。”沈老板说。

“你不要笑啊，”刘律师说，“你现在这个情况弄不好要坐牢的啊，而且法院这边肯定会判你罚金。”

“我没有笑啊，”沈老板说，“我就长这个样子嘛。”

“你是哪里人啊？”刘律师问，“我听你口音不像本地的。”

“我是K城农村的咯。”沈老板说。

“你这个案子照目前来看，只有认罪，然后争取法院宽大处理，给你判个缓刑，就不用坐牢了。不然你这个涉案金额属于特别巨大的，肯定要坐牢。”刘律师扶了扶眼镜，认真地说。

“你不是律师吗？”沈老板说，“你们律师应该有办法的啊，刘律师你帮我想想办法，我真的没钱了啊。”

刘律师的指头在桌面上有节奏地敲击着：“话是这样说没错，但是你这个案子基本上已经坐实了啊。不仅是你一个人的供词，包括你老婆的供词也说这个娱乐城是你一个全权经营的，赢利的数额她也承认了，这个很难办了啊。”

“那我现在要怎么办？”沈老板问。

“你现在只能先想办法凑钱了，法院这边的罚金不会少的。我们这边的惯例，是你赢利多少，罚金就是多少，当然了，你这个赢利数额太巨大了，罚金不会这么多。”刘律师看到沈老板脸色变了，赶紧补了一句，他顿了一顿，等沈老板反应过来，继续说：“我估计在法院判的罚金在十五万到二十万。”

“我没有这么多钱啊。”沈老板说，“我还欠了人家好多钱。”

“你只能想办法凑了。”刘律师说，“不然的话，就只能去坐牢了。”

6

开庭当天，沈老板早早地来到法院门口，刘律师姗姗来迟，沈老板本来就很忐忑，这样一来，更加不安了。

审判长是一个三十岁左右的女人，看起来柔柔弱弱的，但是一记法槌敲得沈老板后背一个激灵。

公诉人是一个看起来更年轻的姑娘，但是比审判长更凶。沈老板看着公诉人，是个丰满的姑娘，胸围大概有C罩杯，这么年轻，却这么凶，对象一定不好找啊。

沈老板就这样自顾自地想着，公诉人一声喝问：“被告人，你对上述事实有什么要说的？”沈老板这才回过神来，他下意识地开始反驳：“这个娱乐城，我买来的赌博机都是二手的，不能按照机器上的数字认定赢利。你们找到的银行账户记录，那个账户上的钱，有许多是我的朋友们打进去的，不是我赚的钱。我根本没有赚到两百多万，有的时候还亏本。而且我在公安局的时候，你们公安局的局长跟我说交了钱就放了我。”

刘律师默默地扶住了额头。

“现在是公诉人依法对你提起国家公诉，你在公安机关交的罚款跟公诉机关追究你的刑事责任没有任何关系。”公诉人冷冷地说。

沈老板又愣了一下，他根本听不懂这些深奥的词汇——公诉人、刑事责任。开赌场这种事情，虽然不应该，但是也不至于这么严重啊。再说，自己已经交过罚款，保证以后不做这种事情不就行了吗？

轮到辩护律师发表意见的时候，刘律师站起来，承认了公诉机关所指控的全部罪行，但是提出沈老板文化程度低，对于开设赌场的刑事责任完全没有意识，主观恶性较小，开赌场赢利的钱一部分用于购买赌博机，一部分用于归还欠款，所剩并不多，加上已经在公安机关交过罚金，家庭经济状况十分艰难，希望审判长和公诉人能够考虑被告人的上述特殊情节，酌情减少罚金，被告人愿意积极配合缴纳。

庭审过程中控辩双方争议的焦点并不多。

沈老板忽然说：“那个赌场不是我开的。”审判长看着沈老板，公诉人也有些惊讶。刘律师再一次默默地扶住额头。

“那个赌场是许××、朱××和王××开的，”沈老板说，“是他们出的钱，赚的钱也给他们拿走了，我没钱。”

审判长、公诉人、刘律师都看着还在做困兽之斗的沈老板。每个人脸上的表情都不一样。

7

刘律师收到判决书的时候给大老板打了电话：“许总，案子判下来了。”

“怎么说？”大老板问。“三年，缓刑三年，”刘律师说，“罚金十五万。已经是我跟检察院和法院沟通最好的结果了，比公安局好多了。”

“他奶奶的，”大老板说，“我们前天几个人一起吃饭，说是有人故意要搞我。我就说，没事抓什么赌，而且还抓到我头上来。公安局局长自己都跟我去动感娱乐城玩过赌博机，他没事查我干什么？”

“谁要搞你？”刘律师放下手中的文件。他是大老板公司的法律顾问，如果有人要搞不正当竞争，那么他就有必要再把公司跟对方公司的来往法律文件和法律行为检查一遍。

“我听说是那个钱老板，那天逛街的时候，他一个小蜜跟我一个朋友吵起来了，结果回去就跟钱老板闹要报仇。钱××也不是东西，就去跟公安局局长说我开了个赌场，结果他们就去查我了。”

“跟你朋友吵起来？”刘律师心领神会地笑了，“嘿嘿，是女朋友吧?”

“唉，唉……”大老板打了个哈哈，“还是刘律师你当初建议得对啊，做这种买卖，到底是不能自己出面，而且还要选好人代自己出面。我差一点儿就把自己搭进去了啊。”

“许总你放心。”刘律师在夸奖之下并没有沾沾自喜，而是继续表忠心，“我当公司顾问一天，就肯定要尽一天的职责。”

并没有人提及沈老板。

8

接到判决书的沈老板花了很大力气才明白“判刑三年，缓刑三年”这句话的意思，而在连续找了一个月的工作都碰壁之后，他才明白这份判决书的意义。

没有人再叫他沈老板了，甚至连沈老虎这样的外号也没有人叫了。没有工作的沈老板只能在街上摆一个手机贴膜的摊位，成本低，又灵活，每天暮色四合，步行街上人流开始涌动的时候，沈老板就扛着他的摊位出现。

这条街上，几乎每隔五步就有一个贴手机膜的，沈老板又是外地人，跟本地人交流并不方便，生意比别人差一些。沈老板从一个月入十万的老板，一下子变成了一个月入一千的男人。

原本从农村跟着男人来到城里的老婆完全不了解发生了什么，她以为沈老板做了生意发了大财接她和女儿来享福，直到公安机关来找她协助调查。她没有上过学，不识字，不会写自己的名字，听不懂这些本地人问她的问题，她艰难地跟他们交流，试图说明自己的男人是无辜的。

但是她说不清楚动感娱乐城的投资人是谁，也说不清楚自己的丈夫到底是做什么的，她甚至不知道动感娱乐城里面有赌博机这种东西。笔录结束民警让她签字，她说：“我不会写字。”民警说：“那就按个手印吧。”她茫然地按照民警的指示把大拇指按向印泥，再按在一张密密麻麻写满字的纸上。她觉得自己像是做了什么重大的事情，忽然丈夫就被关起来，忽然就负债五十万，忽然丈夫就被判了刑。

这些突如其来的变故就像夏季毫无征兆的狂风骤雨让沈老板夫妇猝不及防，等反应过来，生活已经一片狼藉。

沈老板有些后悔跟着大老板做这种生意，但是他又无比怀念过去那种有饭局，不用辛苦劳动，坐在办公室里就能拿钱的生活状态。要不是刚好被抓到，说不定自己干个几年也能攒个好几百万，到时候车子房子都能买下来，还可以做点儿生意，再过个几年，说不定也是大老板那样的人物。

都是命啊。沈老板在心里默默地叹了口气，手一抖，把手机膜贴歪了。衣着暴露的少女立刻叫起来：“哎呀，歪掉了呢！”

少女讲的是方言，沈老板并没有听懂，但是他猜到了对方大概的意思，沈老板没有说话，只是撕掉这张膜重新换了一张。

谁都不是无辜的人啊

Nobody Is Innocent

1

傍晚的清华东路行人和骑自行车的人很多，这个时候正是下班高峰，五道口的车一堵就是一个小时，如果不是别无选择，没有人会选择坐438或者355，反正没有什么比挤在闷热的车厢里眼睁睁地看着自己被车窗外的行人超过去更痛苦的事情了。所以林晓他们选择了步行，她跟男友刚在华清嘉园附近吃了晚饭，正好走回学校消消食。

两个人没走多远就被一对老人拦下了。

“姑娘，”老太太先开口，“姑娘，能不能给我们点儿吃的？”

林晓愣了一下，老太太继续说：“姑娘，我们俩跟儿媳妇儿吵架，被赶出来了，想来北京打工，结果迷路了，我们已经两天两夜没吃东西了，姑娘。”

林晓看了看老夫妻俩，穿着粗布衣服，头发乱糟糟的，脸也脏兮兮的，千沟万壑的皱纹里还隐约可以看见污垢。林晓想了想，翻出钱包给了他们二十块钱。

老人千恩万谢地向她道别，说着“姑娘你好人有好报大吉大利”这样的话，目送着林晓和男友离开。

“刚才那两个人是骗子吧？”等走出一段距离之后，男友问林晓。“我知道啊。”林晓说。“那你还给他们钱？”男友说。

“毕竟他们都那么大岁数了。”林晓说，“但凡有退休金或者子女靠得住的，也不至于跑到大街上来行骗，二十块钱也不算太多，算了吧。”

“你这样会纵容他们吧？”男友说，“咱们不是在网上看到过吗，这种人专门骗大学生，手段都差不多，你今天给他们钱，他们就还有希望，就会一直留在这里骗人。你这样心软会害了其他人的。”

“我知道骗人是不对的。”林晓说，“那我们分手吧。”

2

陈秀莲夫妇回到地下室的时候已经是九点半了。他们住在东王庄小区的一间地下室里，同住的还有其他来北京打工的老乡。

华联超市九点关门，他们在13号线地铁口又逗留了一阵子，眼看着周围的大学生都回学校去了，他们一天的“工作”也结束了。

今天一共的收入只有二十。陈秀莲把揣在兜里的钱掏出来数了数，老伴儿去烧开水了，近来景况越来越难了，就是这二十，那姑娘掏钱的时候，身边的小子还一直扯她的袖子。

学院路上大学多，华联这一带常有学生出没，早两年自己跟老伴儿刚来的时候，随便拦住一个年纪轻轻的姑娘，对方都会给他们十块二十块钱，一天下来也有个百十来块的收入。甚至有一次一个姑娘翻了翻钱包没有零钱，干脆给了他们一张一百的。

但是现在不行了，陈秀莲忘了是从哪一天开始，好像就在一夜之间，学生们都变聪明了，听到她说迷路，有人直接就要带他们去东升乡派出所，还有的人听说他们好几天没吃饭，直接就去附近的店里买面包给他们。后来当他们再去拦人的时候，对方就像根本没看到一样径直走开。

这可怎么办呢？陈秀莲的老伴儿烧好开水，泡好泡面，用两个碗分别盛好，两个人蹲在地上沉默地吃完今天的最后一顿饭。他们并不知道网络的力量，也不知道反骗术的帖子在网上传播起来有多快。

吃完饭之后，陈秀莲从枕头下面摸出一块手帕包成的包裹，把钱放进去，再小心地包好，放回枕头下面。“囡囡带信来，说钱不够花了。”老伴儿说。

“晓得。”陈秀莲回答，“明天大虎回老家，让他带五百给囡囡。”

“等再过两年，囡囡就要上大学了。”老伴儿忧心忡忡地说，“这可怎么办呢？”陈秀莲没有回答，只是幽幽地叹了一口气，沉沉地闭上了眼睛，在腰酸背痛中，逐渐进入了睡眠。

3

秋天已经来了，但是网吧里由于人多，空气不流通，仍然跟夏天一样闷热，李珊珊坐在角落里，戴着耳机，忘情地玩游戏。就在她敲空格键敲得起劲儿的时候，忽然感觉到有人拍了一下她的肩膀，李珊珊不耐烦地转过头去，看到来人，立刻露出一个笑脸：“大虎哥？”

“一天到晚就知道玩游戏。”被称为“大虎哥”的人赏了李珊珊一记轻轻的爆栗[1]，“你爷爷奶奶让我给你捎钱回来了。”说着，大虎从兜里掏出钱包，数了三张给李珊珊。

“才这么点儿啊？”李珊珊皱起眉头。

“你个小丫头片子，这么没良心。”大虎又打了一下李珊珊的脑袋，“也不问问爷爷奶奶身体怎么样，就知道嫌钱少，你爷爷奶奶要是知道你不上学天天上网吧，非得气死不可。”

“他们又不晓得上学多辛苦。”李珊珊一边把钱收起来揣进兜里，一边翻了个白眼儿，“一天到晚就知道让我学习，你看看人

---

① 拟声动名词，起源于华南等产栗地区，因炒栗子时栗子爆裂的声音与敲头的声音相仿，多被引用到小说中使用。动作效果响亮但并无太大伤害，属某种形势下气急却不想伤害对方的亲昵动作。

家网上这些大老板，有几个是大学毕业的？美国那个微软公司你知道不？做电脑的，老板那么有钱，人家都是从大学退学的，上学有个球用！”

“我看你将来怎么发大财！”大虎没好气地说，转身走了，临走之前冲李珊珊的背影喊了一声：“早点儿回家，别老在外头混！听到没？”

李珊珊双手没有离开键盘，眼睛也没有离开电脑显示屏，最后一个空格键按下去，自己是全场最高分。李珊珊露出一个得意的笑容，在对话框里打下一行字：“老公，我厉害吧？”对方回复：“那当然咯，我家宝贝最厉害了。让老公亲一口。”李珊珊发过去一个亲吻的表情。

4

见到“天使之泪”的时候，王刚心中不由得窃喜，听说某游戏里面的姑娘好上手，自己特地去勾搭了一个，本来以为对方只是个脑残非主流少女，没想到还有三分姿色。但他还是不动声色地跟对方打招呼：“嘿，老婆。”少女也热情地跟王刚打招呼，两个人一见如故。

“吃点儿什么？”王刚问少女。

“我要吃肯德基。”少女撒娇。

“好的啊。”王刚一口答应。少女就是少女，比自己之前约过的几个熟女好糊弄多了。之前几个，一问去哪里吃饭，开口就要去吃西餐，自己好说歹说劝对方跟自己去吃肯德基，结果吃了几口就借口有事先走了，之后就音信全无，娘的。

王刚带着少女坐在肯德基的角落里，少女问他："你不是富二代吗？怎么没有开车来？"

"前天出去不知道让谁给刮花了。"王刚说，"送到4S店去了，现在这个社会，仇富的人太多，没办法。"

"就是。"少女也露出一个厌恶的表情，"我最讨厌这些人了，自己没有还嫉妒别人，真是丑恶。"

"唉，算了算了。"王刚咬了一口田园堡说，"想想他们活得也挺悲惨的，就不跟他们一般见识了，要不然我哥们儿公安局的，直接调我们小区的监控录像，分分钟把那个人抓起来坐牢。"

少女露出一个惊叹的表情，问："那……老公，一会儿我们去哪里逛呢？"

"逛街多累啊。"王刚说，"我带你去一个好玩的地方。"

5

晚上十点，吴刚跟哥们儿在大排档吃烤串喝啤酒，哥们儿的手机一直响，吴刚看着对方接连按掉了几个电话，忍不住吐槽："哥们儿，我说嫂子管得也太严了吧？跟兄弟吃个饭都查岗查这么紧。”

“哪是你嫂子啊。”对方拿起一个啤酒瓶，跟吴刚面前还剩半瓶啤酒的酒瓶碰了一下，“前几天把的一个妞儿，上了两次，现在追着我要iPhone 5呢。”

“哎哟我靠，”吴刚说，“这妞儿瞎啊，没看到你自己用的都是诺基亚？”

“少女嘛，脑子都不好使。从小父母双亡，爷爷奶奶在外地打工，没人管她，好几年前就辍学了，成天上网玩游戏。”

“你这算是乘人之危啊。”吴刚拿起酒瓶，打了哥们儿一拳，“也不怕遭报应。”

“你情我愿的事情嘛，”哥们儿满不在乎地喝了一口啤酒，“欸，我跟你说正事，上次那个事，钱也花了不少了，到底妥了没有？”

“这个你放心啊。”吴刚拍拍胸口，“咱俩高中就是同学，班上就咱们两个刚，这么多年了，兄弟我什么时候坑过你？我跟周老板那是铁板的关系，我都跟他谈好了，等他这个工程拿下来，肯定少不了你的。”

就连吴刚自己都不记得，同样的话自己已经对多少人说过了，多少次在各种夜市、饭店甚至酒店里，跟各种职业、各种年纪的人，觥筹交错，推杯换盏，买卖不成有仁义，四海之内皆兄弟。

6

周生豪气急败坏地把判决书摔到法务的脸上："谁他妈跟我说万无一失的？老子他妈的掏那么多钱去给你们搞法官，你们最后就拿这个破东西来给我看？"

两个法务噤若寒蝉，倒是秘书看不下去了："周总，这个事情闹得有点儿大，那帮人整天去法院门口静坐，微博上也闹得沸沸扬扬，林法官最后这样判决，也有他的苦衷。"

"苦衷个屁！"周生豪怒气冲冲地吼秘书，"老子就没有苦衷了？我们做得好好的工程，还有三个月就竣工了，妈的一张判决书就要拆，老子的工程款找谁要？上诉！"

"周总，这个案子是村民诉村集体跟开发商，当时我们跟您说作为第三人参与诉讼，您说不想掺和进官司，只要打点好法官就行了。"法务终于开口说话了，"开发商当初拿这块地就有程序瑕疵，现在法院判开发商的合同无效，咱们的承包合同又是跟开发商签的，只有找开发商索赔，但是开发商早就把钱卷跑了，找不到开发商，咱们就是去法院打官司，法院也没办法给我们立案啊。"

"你不要跟老子说这些没用的！"周生豪敲着桌面，"你们怎么操作老子不管，现在开发商跑了，老子要的就是先把这个工程搞起来，再把工程卖了抵开发商欠老子的钱，明白不？"

法务不再开口说话，老板此时正在气头上，估计说什么都听不进去，这个案子最近闹得沸沸扬扬，已经有十几家媒体来采访过了，法官是在众目睽睽之下做出的这个判决，之前收的钱都一分不少地退回来了，哪儿还有转圜的余地。这个哑巴亏，公司吃定了。

正在气氛尴尬的时候，周生豪的手机响了。他看了一眼来电显示，恨恨地骂了一句："娘的，就知道整天跟老子要分包，死拉皮条的。"他把手机递给秘书："给我把这个姓吴的拉黑了，别让他再来找我。"

7

林法官回到家中，打开电脑，习惯性地打开微博，今日头条就是自己判的这个案子。承办这个案子的这段时间，媒体各种腥风血雨，网络上骂声一片，特别是几个带"律师"名号的大V，动不动就@林法官一下，弄得他十分尴尬。但是这个时候又不能注销微博，风口浪尖，自己这么做无异于授人口实。

其实今年刚接到这个案子的时候，林法官本身是倾向于保护豪杰建筑公司的，尽管开发商这边有问题，豪杰公司算是善意第三人，该办的手续也都办妥了。豪杰公司这边也跟自己打了招呼，总之按照惯例，这个案子算是简单好判的。但是忽然有一天，林法官刚到单位，书记员小夏就跟他说："林老师，咱们刚承办的那个案子忽然火了。"

"什么火了？"林法官一下子没听懂。

"就是豪杰公司他们那个工程，你快上微博去看看，有媒体报道了。”

林法官打开微博，看到好几家有名的媒体都报道了这件事情，还配上了老弱村民举着的“还我家园”的大横幅。“这是怎么回事？”林法官一时糊涂了。

“我也不知道，”小夏说，“我也是今天刷微博刚看到的，好奇怪，还有好多公知大V都在转这个微博，这下日子不好过了。”

“先看看情况吧。”林法官到底有多年的办案经验，比小夏沉得住气，“小夏，你注意不要透露案件的细节，不要回复他们，注意影响。媒体都是一阵风，说不定过几天就好了。”

隔了几天，忽然有记者打电话采访林法官，想让他谈谈对这个案件的看法。林法官表示：“作为主审法官，我不方便对外透露细节。”

第二天，微博上就充满了“强占村民土地，案主审法官含糊其词，表示案件背后有黑幕，不方便透露”这样的新闻，还配上了林法官的一张照片。林法官对着照片看了很久，自己都不知道自己在哪里还有过这样一张看起来这么威猛严肃的照片。

当天下午，审判委员会找林法官谈话，了解情况，林法官再三强调自己没有对记者说这个案子背后有黑幕，并且想借此机会提出回避。但是似乎没有人愿意接这个烫手山芋。

隔了一天记者又打电话过来，林法官这次老实交代，审委会跟自己讨论过这个案件了。结果当天就出现了“审判委员会制度是否是对司法独立的干涉”这样的大标题。

8

许编辑满意地看着《××周报》的粉丝又涨了一万，自从捅出官商勾结侵犯村集体土地的新闻之后，《××周报》官方微博的粉丝每天都要增加一万左右。真是要感谢提供这条线索的爆料人，也要感谢在微博上积极转发的公知大V们，还有那些脑子里不知道是什么的明星。

谁都没想过村集体里头到底谁有资格称得上是个“官儿”，看到弱势群体的利益受到侵犯就像打了鸡血一样冲在前面的人真是太可爱了。

许编辑叹了口气，不过这个案子早晚要尘埃落定，他已经着手准备判决公布之后的照片和评论稿了，报社最近新招进来几个大学生，平时都是喜欢写网络评论的，语言很犀利，逻辑也清晰，科班出身，脑子又灵活，比报社现在的这些编辑都好用。最关键的是，不管交给他们一个什么立场，这些大学生都能够洋洋洒洒写出几千字的评论。

法官的判决出来之前三天，许编辑就已经准备好了两手材料，不管怎么判决，都能够保证《××周报》在第一时间做出反应。这就是一个新闻人所必须具备的素质。许编辑接过稿件的时候教育着手下的实习记者。现在传媒这么发达，所有的新闻都在变成旧闻，时间就是发行量。

许编辑并不是科班出身，却有经商头脑，知道怎样制造新闻、制造争议，更知道怎样吸引大众的眼球，挑动公众的情绪。投身传媒这行虽然只有短短的三年，许编辑主编的《××周报》像一匹黑马，在纸媒日渐衰落的今天，发行量一路攀升，让许多科班出身的业内人士刮目相看。

9

实习最后一天，孙峰做了一个重大的决定，这三个月来，自己当牛做马，写了好几万字的新闻，但是许编辑从第一个月就开始克扣他的工资。

每一篇新闻稿，许编辑都提前至少三天让孙峰写出稿件，然后在剩下的三天里，让孙峰反复地修改，直到许编辑满意为止。到后来孙峰摸清了许编辑的特点，只要把事实陈述改为价值判断，就是许编辑喜欢的新闻。

孙峰曾经向许编辑指出，作为记者，应该更多地关注事件本身，而不是用煽情的笔触去对客观的事实进行主观的描述。许编辑很不高兴，说孙峰太清高，又孤傲，不尊重社会的需求，就不能当合格的媒体人。那一天孙峰跟许编辑发生了很严重的争执，许编辑不仅停了孙峰的一篇稿子，还扣了他当天的工资。

当天《××周报》首页上的新闻换成了另一个实习生写的一篇报道，许编辑用实际行动提醒孙峰：不要以为全世界会编新闻的只有你一个人。

《××周报》的新闻稿，有人喜欢就有人骂，孙峰自从进入《××周报》实习，就不敢再用真名做微博账号。但是许编辑很开心，新闻客观不客观他一点儿都不在乎，别人骂不骂孙峰他一点儿都不在乎，只要能引起关注，提高发行量和知名度就够了。

孙峰打开电脑，认真地检查了一遍许编辑跟自己的聊天记录。复制粘贴到文本框，然后拨通了另一家报社的电话。许编辑这些天来私底下对公知的冷嘲热讽以及对支持村民的网民们的不屑一顾，一定够这个著名编辑喝一壶了吧?

许编辑看着满屏幕的爆料，忍不住笑起来，又增加曝光率了，自己正愁下一个大新闻没找到呢，孙峰这小子，虽然没良心，但是帮了自己一个大忙啊。那些曾经捧着自己的公知纷纷跳出来指责自己没有底线和操守。

真是可笑啊。许编辑冷冷地笑起来，这帮人自己在微博上演来演去，动不动就消费别人的不幸赚取关注，为自己写的书、卖的东西或者演的电视做广告。现在反而指责他为了发行量和点击率没有廉耻。就好像他们从来没有做过营销一样。

10

“爸爸，最近还好吗？”林晓给家里打着电话。

“好啊。你呢？”

“我当然还不错啊，就是北京最近降温了，有点儿冷，不知道家里怎么样。你跟妈妈关节都不好，要注意保重啊。”

“咳，没事没事。”林爸爸在电话那边说，“我跟你妈妈都挺好的。北京降温了你就多穿点儿衣服，不要感冒了，万一感冒了就买点儿药吃。”

“爸爸……”林晓犹豫了一下，想说点儿什么，但还是欲言又止。

“怎么了？”林爸爸听出来女儿有心事。

“没什么。”林晓掩饰。

“是不是钱不够花了啊？”林爸爸问。

“嗯……”林晓支支吾吾起来。

“我就知道。”林爸爸笑起来，“我说林晓今天怎么主动打电话回来，原来是没钱了啊，这才开学多久啊，闺女你平时专门吃人民币啊？”

“哎呀，爸！”林晓在电话里跟爸爸撒娇，“北京消费水平很高的嘛！”

“好。”林爸爸笑着答应，“爸爸明天去给你汇钱，你省着点儿花啊。”

“嗯，好。”林晓挂掉了电话。愣了一会儿，关掉面前的笔记本电脑，关机之前的页面停留在微博热门话题，某市村委会跟开发商串通侵占集体土地案件一审结束。这几天爸爸的照片在微博上疯传，原本以为审判结果偏向村集体之后舆论会平息一些，没想到爸爸还是被那些法律专业人士揪住了，一个一个学者教授，还有律师们，纷纷发表评论，说爸爸胆小怕事，被舆论影响了司法公正。

林晓当然知道这件事是《××周报》捅出来的，《××周报》的每一篇相关的新闻稿她都看到了。林晓看完所有的评论，给家里打了个电话，奇怪的是，原本想说的话，到了嘴边却说不出来了。

关掉电脑，林晓给男朋友打了个电话："孙峰，你最近在跟的那个案子结束了，明天一起吃晚饭吧，华清嘉园那边有一家，是你最喜欢吃的回转寿司。"

好的坏的我们都收下吧，然后一声不响，继续生活。

后 记

Postscript

Love
Can Do Anything

你饿不饿，
我做饭给你吃

Love
Can Do Anything

想说却还没说的，还很多
攒着是因为想写成歌
让人轻轻地唱着，淡淡地记着
就算终于忘了，也值了
说不定我一生涓滴意念，侥幸汇成河
然后我俩各自一端，望着大河弯弯
终于敢放胆，嬉皮笑脸，面对人生的难

蹚过没有石头的河

To cross the river which has no stone inside

1

在写这本书的同时，我其实还在写另外一本小说，但是小说完稿之后，我不知道应该给它起一个什么样的名字。

我把小说的全稿发给王爷看，王爷说："我给你推荐一首歌，李宗盛的《山丘》，我觉得跟你小说的意境很合。"我颠颠儿地下载下来听了一遍，意外地发现，这首歌其实更符合这本短文集的主题。我对王爷说："我打算把这首歌用在短文集里。"

王爷说："随便你了。你自己喜欢就好，不过等出版了你要送一本给我。"

我说："好的好的。"

当初开始写故事的时候，我征求了王爷、左边姑娘、老李等人的意见，我说："我要写一本书了，你们介不介意我把你们写进去？”大家纷纷表示：“不要说我们的坏话就可以。”我想了想，我朋友挺少，但是身边的朋友基本上没有什么缺点，于是就一口答应了下来。

我中途发过几篇稿子给王爷看，王爷问我：“你想表达什么呢？”我想了想，告诉他：“你有没有觉得人生就是一个过河的过程？尽管这么多年来一直有个说法，叫摸着石头过河，但是我发现，其实我们每个人都要过的这条河里，并没有什么石头来让我们摸。”

“And？”[①]王爷很洋气地发过来一句英语。

“我以前写东西，会做很多价值判断。”我对王爷说，“什么好，什么不好，想把自己当成一块石头，让别人摸着我的经验走过去。”

“But？”[②]王爷持续使用上档次的英文。

“但是现在觉得没有必要，我就是想做一个事实陈述，至于对这个事实的判断，读者心里都有一杆秤。我所做的事情，只是写出来，这个世界上，有这样的人，发生着这样的事情。”

“我发现你自从考完研究生之后，人就不一样了啊。”王爷调侃我。

---

① 此处可理解为：“然后呢？”

② 此处意为：“但是？”

“心态瞬间老了好多，啊哈哈哈，”我说，“不过学法律的人可能都这样，学的时间越长，越不喜欢做价值判断。”

2

2008年的时候，我上大一，还是个正义感爆棚的小傻×。

当年出了一个很火的案子，一名北大女教师在北大医院不治身亡，然后死者的丈夫，当然也是北大的教师，爆料称北大的医学生没有执业医师资格就在校医院里面工作，属于非法行医。

一石激起千层浪。

当时我的刑法老师是系主任徐平老师，她让我们每个人拿一张纸写下对这件事情的看法。

第二节课的时候，徐老师说：“我们专业的人，评价一件事情应该是它合不合法，为什么合法，为什么不合法，医学院学生在实习期间没有执业医师资格，这个是法的规定之间造成的矛盾，我们所考虑的应该是怎样去消除这种立法矛盾。”然后她又说：“我看到有的同学啊，写的评论太激进了，可能你很同情医学生的遭遇，但是你凭借同情做出判断是没有用的，更不能把这种同情作为支持你观点的根据。怎么说呢，不能这么煽情，这么煽情，像个记者。”

虽然徐老师没有点我的名，但是我知道她说的是我，因为我很清楚地记得自己在上一节课的课堂作业上写了什么，那些气势恢宏而又东拼西凑的排比句，以及一连串的反问句，现在一想到就脸红……

我清楚地记得我当时坐在教室的最后一排，羞愧得无地自容。

那个时候我忽然意识到，尽管我和很多人一样，都怀抱着对这个世界巨大的热情，但是既对我们生活其中的社会没有足够的认知，也没有建立起一套科学的思维体系。

我们这一代人所接受的教育中，似乎普遍存在着这样一种缺失，我们接受的教育大部分是道德教育，遇到事情的时候首先做道德判断，而不是分析这件事情中的权利义务是什么，以及当事人做出的选择是否合法。

3

谈恋爱其实也是这样，我十八岁上大学，到今年五年，一直到今年，我才开始学会如何跟男朋友相处。这五年中，我自己经历过各种各样的事情，也旁观过身边的人经历各种各样的事情。

不少人都看过《食物与情感》，其实我已经忘记了当时写那篇文章的初衷，2012年7月21日，我在长春一个闷热而又灰暗的网吧里下载新版的《水浒传》做一个恶搞视频的素材。网速太慢，等得太久，于是写了那篇文章。过了很久，那篇文章被营销账号把标题改成了《他怎么对你从食物就可以看出来》，然后获得了大量的转发。

也就是在这个时候，我发现，人跟人之间是有差别的。

此前我一直自诩聪明、自诩善良，仍然会有许多人指责我所做过的事情和选择。我想，如果换成是我旁观别人这样的经历，可能也会嘲讽作者。但是人的局限性就在于，当自己置身事中的时候，是不会发现自己傻×的。知道结果做出评价，跟无法预知未来而做出选择之间，存在着如此巨大的一条鸿沟。以至于回头看时，曾经走过的每一步都变得很可笑。

也是在我迅速成长起来的这些年里，父母都开始使用QQ甚至微信，每天讨论腾讯和搜狐的头条新闻，传媒像《千与千寻》中的那个无脸人，迅速地变成了一个庞然大物。大概正是因为这样，在网络上出名就变成了一件很简单的事情，出名了就可以出书。

我写《食物与情感》的时候，没有想到这篇文章能够给我带来这样一个机会，那只是我对自己失败人生的一次失败回顾。可见命运的安排真是让人琢磨不透。

那篇文章发表至今，已经过去了一年多，可能许多读者刚读到那篇文章的时候，还会被我当时的情绪所影响。但是实际上，经过这一年多的时间，我已经从当初那样的情绪中走出来了。

虽然提及那两个不那么好的前任，我的内心还是会有怨念，但是已经完成了自己与他们的和解。毕竟，年轻的时候大家都不懂得如何去爱。如果没有经历过与他们的相处，我对这个世界也不会形成后来这样的认知。而且听闻他们现在生活得都很顺遂，有了新的女朋友，并且和新女朋友相处融洽，感情甚好。可见这些年来，获得成长的并不只有我一个人。

4

大学毕业之后，我在北方漂了一段时间。那段时间其实十分尴尬，因为我第一次考研失败，又不甘心就这样参加工作，再加上跟学弟的恋情，我不得不转移到上海去。

我决定再考一年研究生。

因为第一次实际上并没有认真准备，纯粹是去打个酱油，“二战”的时候不能再作死，所以开始很认真地复习。之前看到网上很多言论说考研究生很辛苦很艰难，但是真正轮到自己去做的时候，才发现其实并没有那么难。

我算是心态比较好的那一种人，尽管复习到了最后，父母都为我的轻松而感到着急，觉得我这么吊儿郎当肯定考不上了。他们甚至对我的淡定和从容感到匪夷所思，但是其实我自己心里是清楚的，因为整个复习的过程是什么样子、掌握到了什么程度，只有我自己最清楚。

从2012年6月到现在，我算是半个社会人。在这一年多里，我接触到了非常多的人，目睹了非常多的事情，甚至有一些如果不是亲眼所见，几乎完全不能相信世界上还存在着这样的事情。

就是在这段时间里，我发现，之前我们所听到的“社会很复杂”这句话，并不是大人们为了恫吓我们的危言耸听。但是与此同时我又觉得，社会也比许多人口中所形容的要简单得多。这些体会，都是我自己亲身经历过才获得的，尽管仍然零散片面又不成体系，却比从别人那里得来的更加深刻。

所以如你们所见，在这本书的绝大多数文章中，我都只做了事实叙述，至于文中人物的选择，他们的坚持、放弃，他们在面对每一件事情的时候所做的选择，究竟正确与否，我相信大家会形成自己的判断。

能够让读者知道这些事情的存在，对于我来说，就已经是成功了。

5

但我还是必须，不得不，在这里提一下军恋的问题。

大概是因为写过几篇跟军恋有关的文章，加上我自己本身是个军嫂，我想可能有些故事带给过不少人正能量，鼓励了一大票傻乎乎的姑娘守着个军渣继续坚持。而且真的有不少姑娘是有着军队情结的，可能我自己就是其中之一……

但是，除非你真的爱一个男人，并且你对他的感情跟他的军人身份没有关系，否则，不要选择当军嫂。

因为制服是虚的，人才是真的。

许多妹子可能听说过，如果选择军恋会面对什么，但是当我们旁观这些，或者说风闻这些的时候，实际上是没有办法感同身受的，没有人能够对你的痛苦感同身受。

在这种无人感同身受的状态下，你所经历的一切，到最后除了你自己的信念，没有任何其他的支柱。而这种信念就来自于你爱这个男人，并且这种感情跟他的军人身份无关。唯有如此，这种信念才能够支撑你承受选择成为军嫂之后所要面对的一切问题。

穿着那身军装的人，也许真的会意识到自己与别人不同，会有更多的责任感，但是这种责任感是对国家、对社会、对许多抽象的人的，不一定是对自己的女人。那一身制服是一种职业的象征，这种职业要求他们对国家和社会这种宏大的东西必须有高度的责任感，不管他们的内心是否有畏惧，在面对危险的时候都不能退缩。

但是一个男人对自己的女朋友或者妻子好不好，这跟职业并没有必然的关系，也不可能有任何关系，一个男人如果在感情里面是负责任的，那么即使他是个混混，也能够把自己的女人保护得很好；相反，如果一个男人在感情里面是不负责任的，哪怕他是个得过无数勋章的军人，也可能把自己的女人伤得体无完肤。

一个很残酷的现实就是，可能一直以来，很多人都把这种职业身份跟感情身份搞混淆了，一个对国家和社会有着高度责任感的男人，也可能感情观一塌糊涂，对自己的女人毫无责任感。

所以我觉得，妹子们爱上一个人，首先得因为他是你爱的男人，他具备一个男人值得被爱的品质，其次才是军人，而不是相反。

6

当我写完这本类似于人生总结的书的时候，我发现其实回头看看，自己在过去的某个时间段，都是很愚蠢的。比如我大学的时候回头看中学，觉得自己很愚蠢，如今念了硕士，又觉得本科时候的自己很愚蠢。我跟一些朋友交流的时候，发现并不只有我一个人这样觉得。

悲观地来看，我们的一生虽然不断地逼近“不愚蠢”这个点，但是只要我们还在成长，回头看看过去，就会始终觉得曾经的自己十分愚蠢。乐观地来看，能够发现自己的愚蠢，并且据此调整自己的行为和人生，我们才能够不断地变得更加成熟和完善。

人生是一个持续的过程，可能绝大多数人都不是一帆风顺的，在不断努力生活的同时，我们都或多或少做过让自己感到懊恼的事情，但正是因为经历了过去的种种，才使得我们成为今天这样的一个自己。

最后，就用人生导师王爷推荐的《山丘》的歌词作为结尾吧。

想说却还没说的，还很多
攒着是因为想写成歌
让人轻轻地唱着，淡淡地记着
就算终于忘了，也值了
说不定我一生涓滴意念，侥幸汇成河
然后我俩各自一端，望着大河弯弯
终于敢放胆，嬉皮笑脸，面对人生的难

图书在版编目（CIP）数据

你饿不饿，我做饭给你吃 / 胡舒欣著 . —长沙：
湖南文艺出版社，2014.5
ISBN 978-7-5404-6650-3

Ⅰ. ①你…　Ⅱ. ①胡…　Ⅲ. ①短篇小说 - 小说集 -
中国 - 当代　Ⅳ. ① I247.7

中国版本图书馆 CIP 数据核字（2014）第 050934 号

©中南博集天卷文化传媒有限公司。本书版权受法律保护。未经权利人许可，任何人不得以任何方式使用本书包括正文、插图、封面、版式等任何部分内容，违者将受到法律制裁。

上架建议：青春文学 | 小说

你饿不饿，我做饭给你吃

作　　者：胡舒欣
出 版 人：刘清华
责任编辑：薛　健　刘诗哲
监　　制：刘　丹　张应娜
特约策划：柯　峥
特约编辑：谢晓梅
封面绘图：李淡淡
封面设计：弘果文化传媒
版式设计：张丽娜
出版发行：湖南文艺出版社
（长沙市雨花区东二环一段508号　邮编：410014）
网　　址：www.hnwy.net
印　　刷：北京天宇万达印刷有限公司
经　　销：新华书店
开　　本：880mm × 1230mm　1/32
字　　数：213千字
印　　张：8.5
版　　次：2014年5月第1版
印　　次：2014年5月第1次印刷
书　　号：ISBN 978-7-5404-6650-3
定　　价：32.80元
（若有质量问题，请致电质量监督电话：010-84409925）